Thomas

Die Knickerbocker-Bande®

Die Gänsehaut-Orgel

13 Ratekrimis

Band 3

Ravensburger Buchverlag

Die Knickerbocker-Bande

NAME: Axel Klingmeier
SPITZNAME: Früher Schrumpfkopf und Gnomi
ALTER: fast 14 Jahre
STERNZEICHEN: Steinbock
COOL FINDE ICH: Sport
TOTAL UNCOOL: Langweiler, Oberlehrer, Wichtigtuer
LIEBLINGSSPEISE: alles
BESONDERE KENNZEICHEN: Bin früher oft verspottet worden, weil ich klein bin. Heute traut sich das keiner mehr. Habe trainiert und bin der beste Sportler geworden.

NAME: Lieselotte (Lilo) Schroll
SPITZNAME: Superhirn
ALTER: fast 14 Jahre
STERNZEICHEN: Krebs
COOL FINDE ICH: Skifahren, Rafting, Krimis, starke Ideen und Mut
TOTAL UNCOOL: Feiglinge; Leute, die nicht lachen können, Trauerklöße
LIEBLINGSSPEISE: Chinesisches Essen (ich kann sogar mit Stäbchen essen)
BESONDERE KENNZEICHEN: Habe zwei blonde Zöpfe, auf die ich besonders stolz bin.

NAME: Paula Monowitsch
SPITZNAME: Poppi
(Paula finde ich einen Horrornamen)
ALTER: fast 10 Jahre
STERNZEICHEN: Fische
COOL FINDE ICH: Meine Tiere, Tierschutz-Organisationen, Poster
TOTAL UNCOOL: Tierquäler; Leute, die behaupten, nie Angst zu haben
LIEBLINGSSPEISE: Fruchtsalat und Melonen, aber kein Fleisch
BESONDERE KENNZEICHEN: Ich besitze einen Minizoo.

NAME: Dominik Kascha
SPITZNAME: (verrate ich nicht)
ALTER: fast 11 Jahre
STERNZEICHEN: Waage
COOL FINDE ICH: Lesen, Rätsel, Leute mit Durchblick und gutem Gedächtnis
TOTAL UNCOOL: Quatschköpfe, erhobene Zeigefinger, strenge Erwachsene
LIEBLINGSSPEISE: Spaghetti
BESONDERE KENNZEICHEN: Meine Eltern sind Schauspieler, und auch ich stehe bereits auf der Bühne und vor der Filmkamera.

DIE KNICKERBOCKER BANDE

Der Name Knickerbocker-Bande entstand ...

☐ als Axel, Lilo, Poppi und Dominik von Lord Conrad of Knickerbocker ausgezeichnet wurden, weil sie seinen entlaufenen Mops gefunden hatten,

☐ **als Axel einen Weltrekord aufstellte und in 22 Knickerbocker-Hosen in nur 30 Sekunden Löcher gebissen hat,**

☐ als Poppis Papagei zum ersten Mal ein Wort von sich gab und es sich nach „Knickerbocker" anhörte,

☐ **als die vier den Zeichenwettbewerb einer Lederhosenfirma gewannen und einander bei der Preisverleihung kennen lernten,**

☐ als Dominik der jüngste Student an der Knickerbocker-Universität wurde,

☐ **als Lieselotte das Rätsel der jodelnden Knickerbocker-Hosen gelöst hat,**

☐ als Axel, Lilo, Poppi und Dominik sieben entsprungene Knickerbocker-Hosen wieder eingefangen haben,

☐ **als der Song „Knickerbocker Kiss" in der Hitparade auf Platz 1 landete.**

Richtige Erklärung bitte ankreuzen. Die Lösung *steht auf Seite 125.*

HALLO!

SUPER-WICHTIG!

Möchtest du Mitglied der Knickerbocker-Bande werden?

Du bist auf dem besten Weg dazu! In diesem Buch findest du viele Knickerbocker-Abenteuer, die du selbst lösen kannst! Lass deine Gehirnzellen rotieren und komm den Tätern auf die Spur! Wenn du es nicht gleich schaffst, denk an das Knickerbocker-Motto:

Ein echter Knickerbocker lässt niemals locker!

Hier noch wichtige Tipps, bevor du dich auf heiße Spuren begibst:

- Die Lösungen der Fälle sind verschlüsselt. Mit deiner Code-Karte kannst du sie entziffern.
- Die Fälle sind unterschiedlich schwierig:

= Fall zum Grübelzellen-Aufwärmen

= Schmalspur-Schnüffler-Fall

= Hobby-Detektiv-Fall

= Meister-Detektiv-Fall

= Super-Knickerbocker-Fall

- Jeder von uns Knickerbocker-Freunden geht in eine andere Schule und hat auch dort schon einige Rätsel gelöst. Fälle aus der Schule erkennst du an diesem Stempel:

SCHULFALL
LILO

- Mini-Krimis kannst du schnell lösen, wenn du wenig Zeit hast.

mini
KRIMI

- Maxi-Krimis bringen dir spannende Abenteuer und viel Ratespaß.

MAXI
KRIMI

- Außerdem erfährst du in diesem Buch Detektiv-Tipps und Knickerbocker-Tricks!

- Falls du Fragen hast, dann schreib uns:

Knickerbocker-Bande
Postfach 177
A — 1238 Wien

Und jetzt auf ins Abenteuer! Viele heiße Spuren wünschen dir

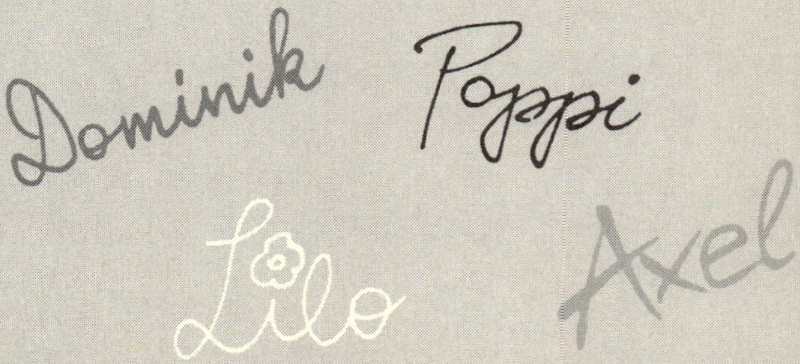

Die Abenteuer-Knickerbocker-Codekarte

➔ Mit deiner Code-Karte kannst du die Lösungen der Krimis entschlüsseln oder selbst Geheimbotschaften schreiben, die nur Knickerbocker entziffern können.

So entschlüsselst du die Krimi-Lösung:

➔ Lege die Karte mit der roten Seite nach oben auf das Lösungsfeld, sodass das Knickerbocker-Logo rechts steht. Die obere Kante der Karte und die obere Linie des Buchstabenfeldes müssen genau übereinander liegen. Jetzt tauchen in den Löchern die ersten Buchstaben der Lösung auf. Schiebe die Karte nun Reihe für Reihe nach unten, bis du die vollständige Lösung gelesen hast:

falsch:

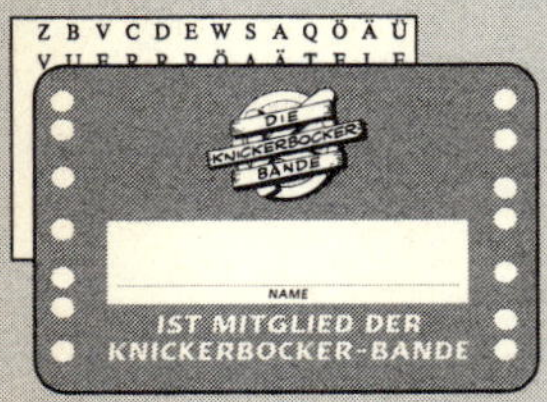

richtig:

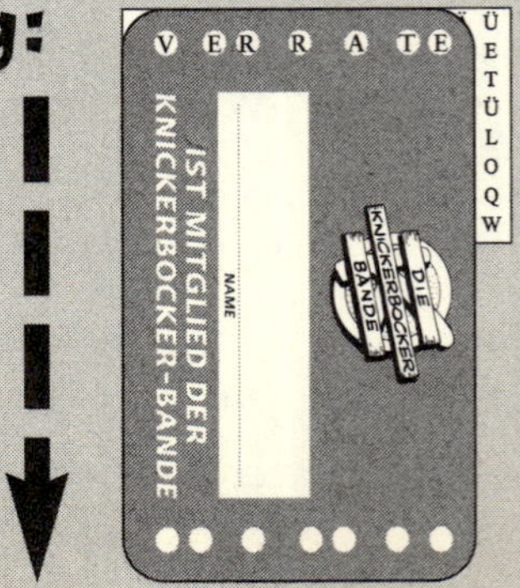

Wenn die ersten Buchstaben, die du in den Löchern siehst keinen Sinn ergeben, musst du die Karte anders auf das Lösungsfeld legen: Wieder mit der roten Seite nach oben, sodass das Knickerbocker-Logo rechts steht. Aber jetzt legst du die untere Lochreihe auf die erste Zeile des Lösungsfeldes. Falls in der ersten Zeile die Lösung noch nicht beginnt, schiebe die Karte eine Zeile tiefer. Spätestens dann ergeben die Buchstaben in den Löchern einen Sinn.

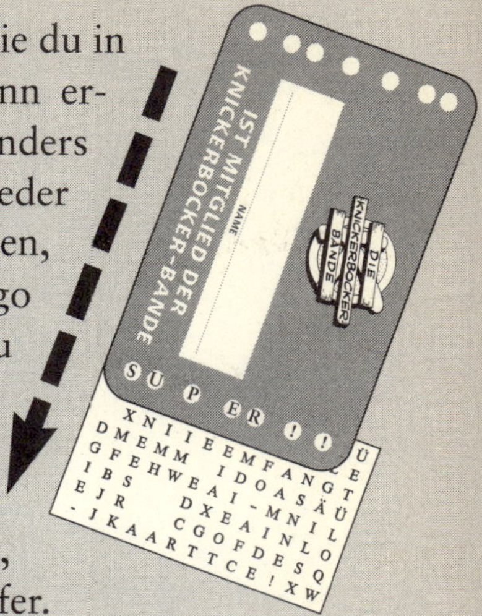

Beispiel:

Was heißt das?

Z	B	V	C	D	E	W	S	A	Q	Ö	Ä	Ü
V	U	E	R	R	R	Ö	A	Ä	T	E	L	E
	X	N	I	I	E	E	M	F	A	N	G	T
D	M	E	M	M		I	D	O	A	S	Ä	Ü
G	F	E	H	W	E	A	I	-	M	N	I	L
I	B	S			D	X	E	A	I	N	L	O
E	J	R			C	G	O	F	D	E	S	Q
-	J	K	A	A	R	T	T	C	E	!	X	W

Verrate niemandem das Geheimnis deiner Code-Karte!

Lösung:

FÄLLE

TIPPS

In den Kästchen kannst du ankreuzen, welche Fälle du schon gelöst hast.

& Tricks

Telefon-Terror

SCHULFALL AXEL

Grüne Strümpfe, braune Röcke, lila Blusen – extrem geschmacklose Klamotten –, das sind die besonderen Kennzeichen meiner Mathematik-Madame. Ihr wirklicher Name ist Angelika Zirkelzahn und sie ist lieb und sanft wie ein Lamm. Auch bei Schüler-Schrei-Stärke 12 erklärt sie jedes Beispiel mindestens dreimal. Außerdem verteilt sie nie Strafen und prüft niemals aus Rache. Trotzdem wurde sie terrorisiert.

Durch Zufall habe ich erfahren, was im Gange war. In unserer Klasse versorgt nämlich immer einer alle anderen mit Schummelzetteln. Diesmal war ich dran und habe in der langen Pause die kleinen „Prüfungshelfer aus Papier“ für den Geo-Test fotokopiert. Der Kopierer steht genau gegenüber dem Zimmer vom Direx, und da die Tür ziemlich dünn ist, kann man jedes Wort hören.

Trotz Pausenlärm war mir auf den ersten Lauscher klar: Drinnen weint jemand. Der Tonlage nach handelte es sich um die Zirkelzahn. „Jede Nacht werde ich genau dreimal angerufen“, berichtete sie schluchzend. „Hebe ich ab, legt der Anrufer auf. Manchmal grunzt er auch noch ‚Schlachtet die Sinus-Sau‘, bevor er den Hörer auf die Gabel wirft.“

Der Direx hat der Zirkelzahn einen Rat gegeben. „Stecken Sie das Telefon in die Waschmaschine und stopfen Sie ein Kissen drüber. Dann hören Sie das Läuten nicht!“

„Unmöglich“, hat Frau Zirkelzahn gerufen. „Meine Mutter ist sehr alt und vielleicht ruft sie einmal in der Nacht an, weil sie Hilfe braucht.“

Der Direx hat versprochen nachzudenken. Das hieß: Es wird nichts geschehen.

Deshalb habe ich am Nachmittag das Superhirn Lilo angerufen und ihr die ganze Geschichte berichtet.

Lieselotte hat auch sofort etwas Wichtiges kombiniert: „Der Telefonterrorist sitzt wahrscheinlich in einer sechsten Klasse. Die lernen nämlich die so genannten Winkelfunktionen Sinus, Cosinus und Tangens!“

Mir ist gleich eingefallen, dass die Zirkelzahn nur in einer Sechsten unterrichtete.

„Dann musst du dich dort umhören“, hat mir Lilo geraten.

Zum Glück habe ich gute Verbindungen zur 6 B, in der ich den Telefonterroristen vermutete. Meine liebe Cousine Nathalie drückt dort die Schulbank. Ich habe sie in der Pause besucht und ein bisschen ausgequetscht.

„Wer von euch sieht denn rot, wenn er den Namen Zirkelzahn hört?“, habe ich sie gefragt.

„Der Freddi“, meinte Nathalie sofort. „Er hat bereits drei Mofas zu Schrott gefahren, hat schon mehrere Ehrenrunden gedreht und steht in Mathe auf Fünf! Seine alten Herrschaften erpressen ihn nun mit Mofa Nummer vier. Er bekommt es nur, wenn er in Mathe gut wird! Aber ich kenne noch jemanden. Die schöne Susi, die Oberstreberin der Nation, hat auch einen ungeheuren Hass auf die Zirkelzahn. Weil die ihr letztes Jahr kein ‚Sehr gut‘ gegeben hat. Angeblich hätte sie ihr dadurch das schöne Zeugnis verpatzt.“

Es könnte sich also um späte Rache handeln!, schoss es mir durch den Kopf.

Am nächsten Tag in der ersten großen Pause wollte ich mir beide vorknöpfen. Ich habe mich vor die 6 B gestellt und gewartet. Als Erster ist der flotte Freddi erschienen. Für ihn war der Gang ein Laufsteg, auf dem er seine neuesten Hosen und Jacken Marke „Superteuer“ vorführen konnte.

Er warf mir einen abschätzenden, grinsenden

Blick zu und flötete aus dem Mundwinkel: „Na, Vorgartenzwerg? Soll ich Hackfleisch aus dir machen?“

Drei Sekunden später grinste er nicht mehr. Ich habe ihm nämlich den neuen Wurf vorgeführt, den ich im Karatekurs gelernt habe. „Gestehe“, habe ich ihn angezischt, als er verdutzt auf dem Boden lag, „du krabbelst jede Nacht aus dem Heiabettchen und jagst die Zirkelzahn per Telefon aus den Federn!“

„Nein!“, ächzte Freddi. Mehr brachte er nicht heraus.

„Schon einmal von einer Sinus-Sau gehört?“, bohrte ich weiter. „Auch nicht!“, stöhnte Freddi. „Aber Sinus-Sau ist gut. Werde ich mir merken!“

In diesem Augenblick riss er erschrocken die Augen auf. „Der Direx!“, stieß er hervor. Als ich den Kopf in Richtung Treppe drehte, rappelte sich Freddi blitzschnell auf und flüchtete. Vor mir!!!

Der Direx war natürlich weit und breit nicht zu sehen. Dafür aber tänzelte Susi, bekannt als „die Schöne“, die Treppe herauf. Natürlich näherte ich mich ihr etwas sanfter. Schließlich bin ich kein Brutalo.

„Susilein“, flötete ich, „hast du in letzter Zeit Schlafstörungen?“ Susi starrte mich an wie das achte Weltwunder. Dann verzog sich ihr süßer, kleiner Mund zu einem hämischen Grinsen und sie antwortete: „Ja, weil ich von dir träume. Albträume nennt man so etwas!"

Ich ließ mich nicht aus der Ruhe bringen. „Susilein", hauchte ich und wich nicht von ihrer Seite, „mein Vater ist bei der Post und gestern hat er bei der Zirkelzahn eine Fangschaltung eingebaut. Jetzt kann sie immer feststellen, wer bei ihr anruft! Sie wird nämlich jede Nacht terrorisiert!" Susi erschrak nicht. Susi zuckte nicht zusammen. Susi blieb ungerührt.

„Na und", sagte sie spitz, „ist mir doch egal. Ich käme nie auf die Idee, mit der Zirkelzahn zu telefonieren."

„Wirklich nicht?" Ich schickte ihr einen Blick Marke „Superbohrend".

„Hör zu, Schrumpfkaktus", zischte Susi und ihre Stimme klang gefährlich drohend. „Ich denke nicht daran, meinen Schönheitsschlaf dreimal pro Nacht für einen bekloppten Scherz zu unterbrechen. Schnüffel woanders, aber nicht bei mir!" Sie drehte sich auf dem Absatz um und stöckelte hocherhobenen Hauptes davon.

Der Fall war für mich gelöst! Schon in der darauf folgenden Nacht konnte die Zirkelzahn wieder schlafen.

Den Telefonterroristen habe ich vor die Entscheidung gestellt: Entweder Friede und ein Strauß Blumen – heimlich vor die Tür der Zirkelzahn gelegt. Oder selbst jede Nacht angerufen werden und Mitteilung an die alten Herrschaften, dass sie diese Störung ihrem Sprössling verdanken.

KRIMI-FRAGE:

Wer war der Telefonterrorist?

KRIMI-LÖSUNG:

Z	B	V	C	D	E	W	S	A	Q	Ö	Ä	Ü
S	U	E	S	R	I	.	.		T	S	L	E
I	E	N		I	W	U	U	S	A	S	G	T
T	E	E	,	M		D	D	A	A	S	Ä	Ü
S		E	D	W	I	E	E		M	Z	I	L
I	R	S	K		E	L	L	Z	I	A	L	O
H	N	R			D	R	R	E	D	I	S	Q
M	A	K	L	A		P	P	R	E	O	X	W
	N	E	A	R	C	H	H	T	R		M	I
A	N	H	G	C	E	R	R	U	B	F	G	Z
E	N			M	W	U	I	R		D	L	P
E	.	R		A	Ä	Ö	K	5	E	V	J	U
.	U	N	P	Ä	Ü	-	L	E	Y	0	Q	X
C	I	Z	N	W	E			9	Ö		H	G
,	U	H		8	U	N	N	T	P	E	Ä	Ü
W	S	R	C	G	H	E	E	I	J	D	D	S
D	N	M	.	V		X	S	W	Q	P	9	U

Ein Ferkel bei der Formel 1

„Es gibt keinen Zweifel mehr!“, jubelte der Sportreporter Hans Flüster in sein Mikrofon. „Meine Damen und Herren, Gerry MacMugel ist unterwegs zu seinem dritten Formel-1-Sieg in dieser Saison!“

Bei dieser Meldung ging ein Aufschrei durch die Menschen, die dicht gedrängt im Zielbereich der Rennstrecke standen. Das Publikum johlte vor Begeisterung.

„Trotzdem hat MacMugel keine Chancen mehr auf den Weltmeistertitel. Der Führende, Jack Laren – der sich im heutigen Rennen mit dem dritten Platz begnügen muss –, ist nicht mehr zu schlagen! ... Gerry MacMugel verschwindet nun zum vorletzten Mal in der Doppel-S-Kurve“, schallte die Stimme des Reporters aus den Lautsprechern. „Gleich wird er im Zielraum auftauchen und das Zeichen zur letzten Runde erhalten.“

Alle warteten nun gespannt auf den Rennwagen, doch er kam nicht. Stille trat ein. Beunruhigt reckten die Menschen die Hälse, aber vergebens. Stattdessen ertönte der Knall einer Explosion und hinter der Zielkurve stieg eine mächtige schwarze Wolke in die Höhe.

Das Publikum schrie entsetzt auf.

„Meine Damen und Herren ... von hier aus kann ich es zwar nicht sehen ... aber ein Streckenposten meldet ... Gerry MacMugel ist von der Rennstrecke abgekommen“, schrie der Reporter. „Sein Wagen hat sich zweimal überschlagen und ist anschließend in die Strohballen gerast ... und explodiert!“

Das Publikum verstummte entsetzt.

„Aber Gerry ... ist gerettet!“, brüllte der Reporter. „Wie durch ein Wunder konnte er sich noch vor der Explosion aus seinem Wagen retten!“

Die Leute brachen in lauten Jubel aus und manche weinten sogar vor Freude. Doch was war geschehen?

Eine Stunde später saß der Sportreporter Hans Flüster dem geschockten Rennfahrer gegenüber, um ihn für das Fernsehen zu interviewen. Hinter ihm drängten sich Axel, Lilo, Poppi und Dominik. Die vier Knickerbocker hatten bei einem Preisausschreiben einen Tag mit dem Sportreporter gewonnen und durften ihn überallhin begleiten.

„Es werden mich alle für verrückt halten, weil es außer mir keiner gesehen hat“, murmelte Gerry MacMugel. „Ich war allein in der Doppel-S-Kurve und plötzlich hat es auf der Strecke gestanden ... ein kleines Ferkel, das jemand dorthin getrieben haben muss. Ich habe meinen Wagen verrissen, um auszuweichen, und bin dabei ins Schleudern geraten. Ein Zusammenstoß mit dem Tier hätte für uns beide tödlich enden können. Außerdem“, der Rennfahrer wischte sich über die Stirn,“ außerdem würde ich nie einem Schwein etwas zuleide tun. Ein Schwein hat mir nämlich das

Leben gerettet, als ich ein Kind war. Das Grunz-Tier hat mich aus einem Schlammloch gezogen, in dem ich sonst versunken wäre. Hat jemand das Ferkel von der Rennstrecke gefunden?“

Der Reporter Flüster runzelte die Stirn und schüttelte den Kopf. „Nein. Aber Gerry, wollen Sie behaupten, jemand hätte absichtlich ein Schwein vor Ihren Wagen gehetzt! Das wäre eine glatte Mordabsicht, außerdem Tierquälerei und heller Wahnsinn!“

Gerry MacMugel kaute unruhig an seiner Unterlippe. „Ich fürchte, es ist so. Man sollte Jack Laren und seinem Team auf den Zahn fühlen! Es ist bekannt, dass seine Leute oft mit allen Tricks arbeiten.“

Die Knickerbocker-Bande hatte genug gehört und in Lilos Superhirn ratterte es auf Hochtouren. „Kommt“, sagte sie zu den anderen. „Wir schauen uns diese Doppel-S-Kurve einmal an!“

Gleich an die Rennstrecke grenzte ein öder Acker, auf dem in diesem Jahr nichts angebaut worden war. Die Regenfälle der vergangenen Tage hatten den Boden ziemlich aufgeweicht. „Das Schwein kann nur über diesen Acker gekommen sein“, stellte Lilo fest. „Vielleicht war es einfach ein Zufall und es ist von einem Bauernhof ausgerissen.“

Nicht einmal 300 Meter von der Rennstrecke entfernt, entdeckte die Bande dann auch tatsächlich ein großes Gehöft mit Kuh-, Pferde- und Schweineställen.

„Kennen Sie vielleicht einen von diesen Leuten?“, fragte Lieselotte den Bauern. Sie zeigte ihm ein Foto von Jack Laren und seinen Mechanikern und Betreuern.

Der Bauer tippte auf einen Mann in einer gelben Latzhose und meinte: „Jaja, der war heute da und hat ein Ferkel gekauft. Der Kerl hat es dann über den Acker zur Rennstrecke getrieben. Ich habe mich gefragt, was er damit vorhat.“

„Wie viel hat man Ihnen gezahlt, damit Sie diese Aussage machen?“, wollte Lilo wissen. Ihre Knickerbocker-Kumpels starrten sie fassungslos an.

„Glaubst du, der Bauer sagt nicht die Wahrheit?“, fragte Axel überrascht.

„Ja, das glaube ich! Dieser Gerry MacMugel

scheint seinen ärgsten Rivalen als Kriminellen hinstellen zu wollen, um ihn auszuschalten! Er hat dem Bauern Geld gegeben, damit er diese Geschichte verbreitet. In Wirklichkeit hat es das Ferkel nie gegeben. MacMugel will auf diese Art Weltmeister werden. Doch er hat diesmal kein Schwein gehabt!“

KRIMI-FRAGE:

Wieso ist Lilo
dieser Verdacht gekommen?

KRIMI-LÖSUNG:

Z	B	V	C	D	E	W	S	A	Q	Ö	Ä	Ü
I	U	N		L	D	Ö	E	Ä	R		L	E
W	X	E	I	C	C	E	H	F	E	N	G	T
	M	E	R	,	D	I	E	O	D	E	Ä	Ü
S	F		A	W	C	A	K	-	E	R	I	L
S	B		W	D	A	X	R	A		K	L	O
E	J	I	N	N		G	E	F	I	N	S	Q
Z	J	I	G	B	E	T	R	C		F	X	W
U	X	S	S	R	-	T	O	Z	D	E	M	I
R	X		S	C	C	R	H	F	W	E	G	Z
I	M	N	E	M	H	O	U	K	F	A	L	P
B	E	D	R	A	U	Ö	C	Ü	K	.	J	U
	O	Ö	P	Ä	Ü	-	L	E	Y	A	Q	X
C	D	E	V	F	R	B	G	T	N	H	Z	M
,	*	I	L	O	Ö	P	Ä	Ü	C	D	E	F

Beschatten

Es ist niemals gut, wenn die ganze Bande eine Person beschattet. Selbst unachtsamen Leuten werden vier Junior-Detektive auffallen, die ihnen auf Schritt und Tritt folgen.

- Deshalb verfolgen wir Verdächtige immer nur getrennt. Axel bleibt hinter der Person, Poppi auf der anderen Straßenseite und Lilo noch ein Stück weiter hinten.

- Manchmal ändern wir auch blitzschnell unser Aussehen. Axel hat zum Beispiel eine Wendejacke. Wenn er das Futter nach außen dreht, hat sie eine andere Farbe. Außerdem trägt er gerne Sportkappen. Er hat immer mindestens zwei in verschiedenen Farben bei sich.

- Poppi bindet sich manchmal die Haare zu einem Büschel nach oben und Lieselotte löst ihre

Zöpfe auf (natürlich heimlich in einer Hauseinfahrt).

⊟ Dominik hat immer ein kleines Spiel dabei. So kann er völlig harmlos an einer Litfaßsäule lehnen und spielen.

⊟ Achtung: Ungewöhnliche Sonnenbrillen, ein Mantel im Sommer und ähnliche Verkleidungen sind nur auffällig und daher schlecht!

Bitte verfolgt niemals Leute, die ihr nicht kennt, zum Spaß. Sie könnten nämlich tatsächlich Angst bekommen. Aber versucht doch, einem Bekannten auf der Spur zu bleiben.

Die Gänsehaut-Orgel

MAXI KRIMI

Das Erdbeben

Ein Blitz zuckte über den dunklen Himmel und gleich darauf krachte der Donner. Poppi hielt sich erschrocken die Ohren zu. „Wir müssen uns irgendwo unterstellen!“, rief Lieselotte. „Hier im Wald kann ein Gewitter lebensgefährlich werden, wenn der Blitz in einen der hohen Bäume einschlägt!“

„Dort vorne ist eine Ruine … auf der Lichtung!“, meldete Axel. Er war losgerannt, um sich nach einem Unterschlupf umzusehen. Die anderen folgten ihm und standen gleich darauf vor einem verfallenen Gemäuer.

Vor vielen Jahren musste das Gebäude ein Jagdschlösschen gewesen sein, doch an den Prunk vergangener Tage erinnerte heute kaum noch etwas.

Die vier Junior-Detektive tappten über Schutt und Ziegel und betraten die ehemalige Vorhalle.

Zum Glück war die Decke dieses Raumes noch erhalten und schützte sie vor dem Regen, der nun draußen niederprasselte.

Dominik fröstelte. Erstens wehte ein eisiger Wind durch den Raum und zweitens fühlte er sich äußerst unbehaglich.

„So ein Sauwetter“, schimpfte Lilo, „und diese Kälte im Hochsommer! Entsetzlich!“

Hagelkörner in der Größe von Golfbällen fielen auf den Waldboden und sprangen auf und nieder. Im grellen Licht der Blitze beobachteten die Knickerbocker, wie der kleine Platz vor dem Schlösschen langsam weiß wurde.

„Diese Eiskugeln möchte ich nicht gerade auf den Kopf bekommen“, murmelte Axel.

Er war es auch, der es zuerst spürte. Anfangs glaubte er, sich zu täuschen. Aber als die anderen ebenfalls verdutzt nach unten starrten, war ihm klar, dass der Boden wirklich bebte. Die Steinplatten unter seinen Schuhen begannen zu schwingen und zu zittern.

„Erdbeben ... ein Erdbeben!“, jammerte Poppi.

Die Mauern der Ruine krachten und knirschten und von der Decke rieselte Sand.

Die vier Knickerbocker-Freunde spürten ein seltsames Gefühl in den Ohren. War es ein Dröhnen? War es ein tiefer Ton?

Was auch immer es war, es jagte ihnen grauenhafte Angst ein. „Lieber von den Hagelkörnern Beulen bekommen, als einen Ziegel auf den Kopf kriegen!“, schrie Axel und stürzte ins Freie. Die anderen zögerten nicht und stürmten hinter ihm her. Sie hielten schützend die Hände über ihre Köpfe und rannten mit großen Schritten zu dem Wochenendhaus am Waldrand zurück, das Poppis Eltern gehörte.

Zum Glück hatte der Hagel schon nachgelassen, und als sie das gemütliche Häuschen erreichten, kam bereits wieder die Sonne zwischen den Wolken zum Vorschein.

„Was … was war das?“, fragte Poppi die anderen, als sie sich die Haare trocken föhnte. „Wieso hat das Haus plötzlich gebebt?“

Lieselotte zwirbelte ihre Nasenspitze und überlegte. „Vielleicht steht das Haus auf einer unterirdischen Quelle“, fiel ihr ein.

Dominik hielt von diesem Verdacht wenig. „Und der seltsame Ton? Woher ist der gekommen?“

Da keiner eine Antwort darauf wusste, holte Poppi ein Buch aus dem Regal. „Darin steht einiges über diese Gegend“, sagte sie zu ihren Freunden. „Vielleicht finden wir auch etwas über das Jagdschloss.“

Dominik nahm ihr das Buch aus der Hand und blätterte es hastig durch. Er überflog ein paar Seiten und nickte dann wissend. „Ich glaube, ich habe eine Erklärung", verkündete er und begann vorzulesen: *Das Jagdschloss Fumpfelfels wurde im Jahre 1872 von Graf Fritz von Fumpfelfels erbaut. Es diente dem großen Orgelliebhaber als Übungsort. Im Keller des Gebäudes befindet sich eine riesige Orgel, auf der er stundenlang gespielt haben soll. In den Keller hatte er sie deshalb stellen lassen, damit die Tiere, die sich dem Schloss näherten, durch die ungewohnten Töne nicht erschreckt und vertrieben wurden.*

Dominik klappte das Buch zu und blickte die anderen fragend an. „Und? Was sagt ihr jetzt?"

Lieselotte war manches klarer geworden. „Der Boden hat wahrscheinlich gebebt, weil jemand auf der Orgel gespielt hat. In Musik habe ich einmal gehört, dass die kurzen Orgelpfeifen unglaublich tiefe Töne erzeugen können. Sie sind so tief, dass sie unser Ohr kaum noch wahrnehmen kann. Aber diese Schwingungen bringen Mauerwerk durchaus zum Beben!"

„Aber wer sitzt im Keller und spielt auf der alten Orgel? Und wozu?", wollte Axel wissen.

Lilo grinste. „Ich glaube, das sollten wir herausfinden!"

KRIMI-FRAGE:

In diesem Kapitel befindet sich ein Fehler.
Welcher?

KRIMI-LÖSUNG:

Z	B	V	C	D	E	W	S	A	Q	Ö	Ä	Ü
N	I	E	C	R	H	T	A		T	D	L	E
I	E	N		I	K	U	M	R	A	Z	G	T
E	N	E	,	M		S	D	O	A	N	Ä	Ü
D	E	E	R	W	N		I	D	M	I	I	L
E		S	L	N	A	N	E	G	I	E	L	O
N		R	O	N	R	G	O	E	D	L	S	Q
P	F	K	E	A	I	F	T	E	E	N	X	W
	E	E	R	R	Z	E	T	U	R	G	M	I
E	N	H		C	D	I	A	E	B		G	Z
T	I		E	M	F	E	E	N			L	P
T	Ö	R	N	A	E	.	T		E	Z	J	U

Noch mehr Gänsehaut ...

Schon eine Stunde später standen die vier Junior-Detektive wieder vor dem verfallenen Jagdschlösschen.

„Ich gehe in den Keller“, verkündete Lieselotte. „Falls irgendjemand den Mut hat mitzukommen, ist er herzlich eingeladen.“ Axel hatte keine Lust als Feigling dazustehen und schloss sich ihr an.

Dominik und Poppi wollten vor dem Schloss warten.

„Wir … wir müssen auf Puffi aufpassen“, meinte Poppi entschuldigend. Puffi war ihr Bernhardiner, der die Knickerbocker in den Wald begleitet hatte.

Axel und Lieselotte grinsten ein wenig mitleidig und machten sich dann auf die Suche nach der Gänsehaut-Orgel.

Sie betraten den kleinen Vorraum, in dem sie sich untergestellt hatten, und hielten nach dem Stiegenabgang zum Keller Ausschau.

„Vielleicht dort!“ Axel deutete auf eine Öffnung im Boden, die mit zahlreichen Brettern abgedeckt war. Eine dicke Staubschicht lag darüber und die beiden Knickerbocker mussten husten und niesen, als sie die Latten wegzogen.

Darunter kam tatsächlich eine baufällige, abgetretene Steintreppe zum Vorschein. Schritt für Schritt suchten sich Axel und Lilo zwischen Mauerbrocken und Schmutz einen Weg. Immer tiefer und tiefer ging es hinunter.

Plötzlich geschah es. Wieder begannen die Mauern und der Boden zu beben. Der alte Verputz knirschte und krachte und ein tiefes Brummen und Dröhnen drang in ihre Ohren.

„Ohren zuhalten und schnell hinunter. Jetzt

werden wir sehen, wer da spielt!", rief Lieselotte und stürmte voran. Axel blieb ihr dicht auf den Fersen.

Gemeinsam betraten sie das hohe, unterirdische Gewölbe und leuchteten mit ihren Taschenlampen das riesige Ding ab, das sich vor ihnen erhob. Es sah aus wie ein zerklüfteter Fels, war aber in Wirklichkeit eine riesige Ansammlung von kurzen und langen Orgelpfeifen.

Der Orgeltisch, an dem der Spieler saß, befand sich auf der anderen Seite des Instrumentes. Die Töne, die er der Orgel entlockte, gingen durch Mark und Bein. Sie waren entweder tief und beängstigend oder so hoch und schrill, dass man davon Zahnschmerzen bekam.

Langsam und auf Zehenspitzen schlichen die beiden Knickerbocker um die Orgel. Als sie endlich sahen, wer die Tasten drückte, stockte ihnen der Atem.

Dominik und Poppi saßen in der Zwischenzeit unter einer hohen Tanne und genossen die Nachmittagssonne. Puffi, der Bernhardiner, sprang übermütig um sie herum.

Plötzlich aber blieb er stehen, verzog sein breites Maul und begann zu knurren.

Poppi drehte den Kopf und blickte in dieselbe

Richtung wie er. „Äh … Tag“, stotterte sie dann ängstlich.

Puffi hatte einen dunkelhaarigen, kleinen Mann entdeckt, der zwischen den Bäumen stand und das Mädchen und den Jungen misstrauisch musterte.

„Was tut ihr da?“, fragte er nun, ohne den Gruß zu erwidern.

„Wir gehen mit dem Hund spazieren“, antwortete Poppi wahrheitsgemäß.

„Und Sie? Was machen Sie da?“, wollte Dominik wissen.

„Werde nicht vorlaut, Kleiner“, brummte der Mann. „Aber es ist kein Geheimnis.“ Er hob einen kleinen Rucksack auf und erklärte: „Ich sammle Tannenzapfen. Passt nur auf, dass euch keiner auf den Kopf fällt. Geht besser weiter. Heute fallen sie schon früh von den Bäumen.“

„Woher wissen Sie das?“, fragte Dominik neugierig.

„Ich kenne mich damit aus“, meinte der Mann und wanderte dann weiter.

Ratlos blickten die beiden Knickerbocker einander an und standen auf.

„Halt!“, befahl eine Stimme hinter ihnen. Poppi drehte sich um und riss die Hände in die Höhe. Ein Gewehr war auf sie gerichtet.

„Was … was … wollen Sie?“, stammelte das Mädchen.

„Nimm sofort deinen Hund an die Leine und dann verschwinde schleunigst aus dem Wald“, ordnete der Mann an, der hinter den Knickerbocker-Freunden aufgetaucht war. Er trug Kniebundhosen und ein dunkelgrünes, altes Hemd und hatte überaus unfreundliche Augen.

„Befehlen können Sie uns das nicht!“, sagte Dominik. „Und jetzt legen Sie das Gewehr weg. Was soll das?“ Der Junge staunte selbst über seinen Mut.

Gehorsam ließ der seltsame Mann die Flinte sinken und stützte sich darauf: „Ich kann das schon“, sagte er dann ruhig und drohend. „Ich bin nämlich hier der Förster und ich habe das Sagen! Kapiert?“

Poppi nickte gehorsam. Dominik schwieg eisern.

Grußlos machte der Förster kehrt und verschwand.

Poppi zog Puffi zu sich und wollte ihn an die Leine legen. Plötzlich schlug sich Dominik auf die Stirn und flüsterte: „Poppi … Poppi … einer der beiden hat nicht die Wahrheit gesagt.“

„Wieso?“

KRIMI-FRAGE:

Wer hat gelogen?

KRIMI-LÖSUNG:

P	Ü	Ä	M	K	N	B	V	C	R	E	W	S
M	L	A	N	J	N	H		G	N	U	R	W
M	G	M	E	B	R	Z		4	1	.	I	O
	D	M	A	G	N	Z		U	K	A	K	L
N	D	N		T	K	5	E	B	I	N	Y	M
E	U		T	F	A	W	N	A	N	E	Z	U
N	U	Z	A	P	P	M	F	Z	E	N	F	D
	M	S	A	B	M	F	M	D	E	L	Q	H
N	R	,		U	D	O	A	Ü		S	D	F
I	K	E		Ä	N	X	I	V	C	H	M	1
T	A		I	S	M	4		X	G	A	F	C
N	B	Z	E	I	N	N		O	V	O	M	0
M	6		B	C	A	R	U	3	M		Ö	M
F	G	A	L	B	L	Z	E	4	N	.	I	O

Gefangen!

„Vielleicht hat der Mann etwas mit dem Schloss zu tun?“, schoss es DoMinik durch den Kopf.

„Wo bleiben Lilo und Axel nur so lange?“, überlegte Poppi. „Sie sind jetzt schon über eine halbe Stunde in der Ruine.“

Dominik holte tief Luft und meinte dann:

„Poppi, wir sollten nachsehen. Vielleicht ist ihnen etwas passiert …“

Beide Junior-Detektive hAtten ein äußerst mulmiges Gefühl, als sie Schloss Fumpfelfels betraten. Was würde sie hier erwarten?

Natürlich entdeckten auch sie sofoRt den Abgang zum Keller und stiegen in die Tiefe. Dominik hielt Poppi fest an der Hand. „Damit du dich nicht fürchtest“, sagte er tapfer wie ein Ritter zu ihr. In Wirklichkeit war er froh, dass er sich selbst an jemandem festhalten konnte.

Bald hatten die zwei den Orgelsaal erreicht und blickten sich suchend um. Sie ließen die Lichtkegel ihrer Taschenlampen über dIe Gänsehaut-Orgel streifen und warteten, ob etwas geschah. Doch es rührte sich nichts. Die Orgel schwieg. Dafür war ein KlOpfen und Scharren zu hören.

Erschrocken drehten sich die beiden Knickerbocker im Kreis und blickten sich suchend um. Woher kamen diese Laute?

„Puffi!“, fiel Poppi ein. „Er ist nicht mit in das Schloss gekommen. Vielleicht traut er sich nicht die Treppe herunter und kratzt jetzt oben über die Latten, damit ich komme!“

Sie wollte hinauflaufen, aber Dominik hielt sie zurück. „Die Geräusche koMmen nicht von oben. Wer auch immer kratzt, er ist hier unten.“

„Also das SchlOss kriegen wir nie auf ... Wir müssen versuchen die Tür aufzubrechen“, hörten sie in diesem Moment Lilo sagen. Ihre Stimme klang dumpf und entfernt.

„Hallo! Axel! Lieselotte! Wo seid ihr?“, rief Dominik sofoRt.

„Hier ... hinter der Orgel... in einer kleinen Kammer! Lasst uns raus!“

Dominik erkannte eine feste Holztür, die in die WanD eingelassen war, und entdeckte zu seiner Erleichterung, dass der Schlüssel steckte. Er drEhte ihn und seine Knickerbocker-Kumpels stolperten keuchend aus dem Raum.

„Danke ... wir ... wir haben ganz schön die Panik gekriegt“, schnaufte LiLo.

„Wer hat euch da eingesperrt? Vielleicht ein dunkelhaariger, kleiner Mann?“, erkundigte sich Poppi.

Axel nickte. „Ja, woher weißt du das?“

„Wir sind ihm vor dem Schloss begegnet“, berichtete Dominik. „Er hat uns angelogen und wir haben es zum Glück bemerkt. Deshalb haben wir euch gesucht. Aber ... was hat der Mann hier gemacht?“

„Auf der Orgel gespielt“, sagte Lilo. „Das heißt ... er hat nur einzelne Tasten gedrückt. Es hat schauderhaft geklungen.“

„Warum hat er das gemacht?“, wollte Dominik wissen. Doch selbst das Superhirn konnte nur mit einem Achselzucken antworten.

Axel setzte sich deshalb auf die Orgelbank und gab Dominik ein Zeichen. „Los, pump ein bisschen Luft in die Gänsehaut-Grusel-Orgel. Da ist der Blasebalg“, trug er ihm auf.

Der Junge packte den Holzgriff und drückte ihn auf und nieder. Axel griff in die Tasten und ein schwaches, schauriges Heulen und Wimmern drang aus dem Instrument.

„Fester Dominik, mehr!“, rief er seinem Kumpel zu. „Du musst fester pumpen!“

„Ich … ich pumpe wie wild!“, ächzte der Junge. „Aber … dieser BlasebaLg muss ein Loch haben.“

Dominik leuchtete ihn mit der Taschenlampe ab und entdeckte tatsächlich ein Loch im Leder der altmodischen Luftpumpe. „Das müssen die Mäuse hineingefressen haben“, meinte er. „Es ist so grOß wie meine Faust!“ Zum Beweis steckte er die Hand durch und zuckte entsetzt zurück.

„Da … ist etwas … Kaltes drinnen“, stammelte er aufgebracht. Lieselotte schob ihn zur Seite und blinzelte durch das Loch. Etwas Glänzendes, Großes lag im Inneren des Blasebalgs. Vorsichtig griff das Mädchen danach. Erstaunt zog es die Augenbrauen hoch, als es drei längliche Plastiktüten zum Vorschein brachte. Alle drei waren prall mit weißem Pulver gefüllt.

„Danke!“, sagte jemand am anderen Ende des Raums. Seine Stimme klang kalt und schneidend. „Danke, genau das habe ich gesucht. Ich dachte, mein Kollege hätte es in einer der Pfeifen untergebracht!“

„Der … der Tannenzapfen-Sammler“, flüsterte Poppi entsetzt. Der Mann war lautlos hinter der Knickerbocker-BaNde aufgetaucht und bedrohte sie mit einer Pistole.

„Dieser Keller … er hat einen zweiten Eingang!“, fiel Lieselotte plötzlich ein.

„Richtig, meine Liebe“, pflichtete ihr der Mann bei. „Der Eingang liegt unweit der Tanne, bei der ich deine Freunde gesehen habe. Aber es gibt in diesem Schloss auch noch einen zweiten Keller, der einen Stock tiefer liegt. Er ist absolut schalldicht und wird eine angenehme Gruft für euch werden.“

Zitternd wichen die vier Freunde einen Schritt zurück. Das konnte der Mann doch nicht ernst gemeint haben.

Langsam marschierte der Gauner um sie herum und öffnete eine weitere Tür. Knarrend schwenkte sIe auf.

„Hinunter!“, befahl der Mann.

Die Knickerbocker rührten sich nicht.

„Ich sagte hinunter!", wiederholte der Mann. „Wird's ba... Aua!" Ein heftiger Schmerz fuhr durch sein Bein und er ließ vor Schreck die Waffe fallen. Axel hob sie auf.

„Danke Puffi! Du bist super!", lobte Poppi erleichtert ihren Bernhardiner. Der Hund hatte sich auf Samtpfoten von hinten an den Mann herangeschlichen. Das Mädchen musste dann nur noch mit den Fingern schnippen und Puffi machte „Fass!". Er war sehr gut abgerichtet.

Kurz darauf nahm die Polizei den Mann fest. Es handelte sich um einen lang gesuchten Drogenhändler, der sie auf die Spur eines riesigen Rauschgiftringes brachte. Als geheimer Übergabeplatz hatte die alte Orgel gedient.

Puffi bekam an diesem Abend nicht nur eine Extraportion Fleisch zur Belohnung, er wurde auch zum echten Knickerbocker-Banden-Mitglied erklärt!

KRIMI-FRAGE:

Wieso kam Lilo plötzlich auf die Idee, dass der Keller einen zweiten Eingang haben musste?

KRIMI-LÖSUNG:

Z	B	V	C	D	E	W	S	A	Q	Ö	Ä	Ü
W	U	E	I	L	L	Ö		Ä	D	I	L	E
E	X		B	H	R	E	E	F	T	T	G	T
E	M	R		,	D	I	O	O	C	H	Ä	Ü
	F	M	I	W	T	A		-	E	I	I	L
N	B	E	R	D		X	D	D	I	C	L	O
K	J	E	N	N		G	S	F	T	A	S	Q
U	J	B	S	B	C	T	H	C	I	C	X	W
H	X	T		R	B	T	E	Z	D	E	M	I
C	X	K	T	C		R	W	F	A	R	G	Z
E	M	N	.	M		O	D	K	O	R	L	P

KNICKERBOCKER-SUPER-FRAGE:

In manchen Wörtern dieses Kapitels befinden sich große Buchstaben, obwohl sie dort nicht hingehören. Aneinander gereiht ergeben sie den Namen des Rauschgifthändlers.

KRIMI-LÖSUNG:

I	U	N	B	V	C	R	E	W	S	A	9	O
M	J	A	R	B	I	V	O	R		M	S	Y
O	V	R	D	8	E	9	L	J	L	O	R	Q
N	O	I		T	R	E	W	Y	X	D	F	T
Z	U	K	I	L	M	N	B	F	E	W	S	Y
Ü	Ä	M	K	N	9	N	6	V	C	E	W	L

Das Um-die-Ecke-schau-Rohr

auch Periskop genannt

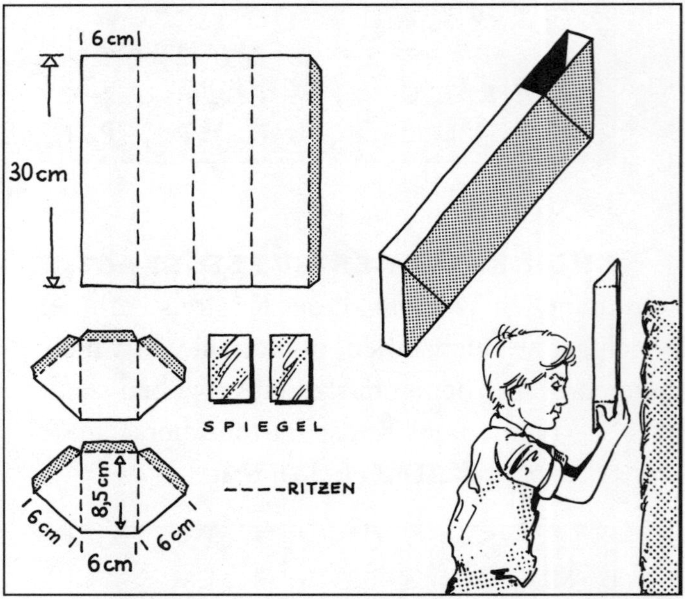

Übertrage diese Formen auf Karton, schneide sie aus und klebe sie zusammen.

In den oberen und den unteren schrägen Teil klebe einen Spiegel – fertig!

Du musst die Spiegel einstellen, damit du super um die Ecke schauen kannst.

Zum Beobachten ist das „Um-die-Ecke-schau-Rohr“ ein Hit.

Der Saurierknochen

„Ist das wirklich ein echter Saurierknochen?“ Axel konnte es noch immer nicht glauben. Staunend betrachtete er das riesige Ding, das ihm bis zum Bauchnabel reichte und mindestens 20 Kilogramm wog.

„Das, lieber Neffe, ist das versteinerte Schienbein eines Tyrannosauriers“, erklärte ihm sein Onkel Titus. Onkel Titus war Forscher und hatte den Knochen in Afrika entdeckt. Seine Mitarbeiter gruben nun an der gleichen Stelle weiter und suchten nach den restlichen Knochen des Saurier-Skelettes.

„Onkel Titus, darf ich den Knochen meinen Knickerbocker-Kumpels zeigen?“, fragte Axel. „Sie stehen im Garten vor deinem Haus. Aber Poppi hat ihren Bernhardiner Puffi mit und deshalb sind sie nicht mit mir hereingekommen!“

„Der Hund darf mein Haus unter keinen Umständen betreten“, rief der Wissenschaftler aufgebracht. „Du weißt, ich bekomme Niesanfälle, wenn sich mir ein Hund nähert. Aber nimm den Knochen ruhig mit hinaus und bring ihn mir dann wieder!“

Stolz lief Axel in den Garten, wo der junge Bernhardiner Puffi ihn sofort stürmisch begrüßte. Er sprang in die Höhe und stellte seine schweren Vorderpfoten auf die Brust des Jungen. Da sie voll Erde waren, hinterließen sie zwei prachtvolle Abdrücke auf Axels blütenweißem T-Shirt.

„Nicht, ab!“, rief Poppi und grinste verlegen. „Puffi hat vorhin ein Loch in den Rasen gegraben. Er macht das in letzter Zeit oft und versteckt dann manchmal Bälle und ähnliches Zeug.“

„Das T-Shirt kann man waschen“, meinte Axel lässig und präsentierte seinen Kollegen den versteinerten Knochen. Dominik, Lilo und Poppi musterten ihn neugierig.

Da hielt mit quietschenden Reifen ein Auto auf der Straße. Ein kleines, hageres Männchen in einer grünen Latzhose sprang heraus und hetzte auf das Haus des Professors zu. Der Unbekannte stürmte durch die offene Tür und wenige Sekunden später ertönte lautes Geschrei.

Axel erschrak so sehr, dass ihm beinahe der Saurierknochen aus der Hand gefallen wäre. Vorsichtig legte er ihn auf einen Liegestuhl und lief mit seinen Freunden in das Haus, um nachzusehen, was geschehen war.

Poppi knotete vorher noch Puffis kurze Leine am Gitter des Kellerfensters fest, damit sich der Hund nicht losreißen konnte, und folgte dann den anderen.

Die Tür zum Arbeitszimmer von Onkel Titus stand einen Spalt breit offen, durch den die Knickerbocker hineinspähen konnten. Das Männchen stand mit hochrotem Gesicht vor dem Onkel und tobte. Es hatte den Forscher an den Aufschlägen seines Sakkos gepackt und beutelte ihn wie einen Apfelbaum.

„Sie sind der gemeinste Stümper, der mir je begegnet ist", brüllte der kleine Mann.

Onkel Titus blieb völlig ruhig und schüttelte den aufgebrachten Besucher ab. Er wischte über seine Jacke, als müsse er sie von dem Staub reinigen, den das Männchen aufgewirbelt hatte, und sagte dann: „Doktor Mapluster, ich weiß wirklich nicht, wovon Sie sprechen!"

Der Doktor wurde noch eine Spur röter im Gesicht und tobte: „ICH habe die Idee gehabt in Afrika nach Saurierskeletten zu graben. ICH! ICH! ICH!"

Onkel Titus blickte ihn mitleidig an und meinte nur: „Diese Idee haben viele gehabt. ICH habe sie in die Tat umgesetzt und am richtigen Ort gesucht. Das war mein Glück. Ich kann nichts dafür, dass Sie neidisch sind!"

Die Knickerbocker-Bande hatte genug gehört. Axel gab den anderen ein Zeichen wieder hinauszugehen. „Onkel Titus muss nicht bemerken, dass wir gelauscht haben", flüsterte er.

Als die vier Junior-Detektive ins Freie traten, sahen sie eine rundliche Gestalt, die durch das Gartentor huschte. Sie sprang in den Wagen von Doktor Mapluster und schlug die Tür zu. Kurze Zeit später kam auch der Doktor wieder aus dem Haus gerannt und verschwand in seinem Auto. Er ließ den Motor aufheulen und raste davon.

„Der Saurierknochen!", stieß Poppi plötzlich hervor.

Er war verschwunden. Der Liegestuhl war leer.

Axel blieb nichts anderes übrig, als zu Onkel Titus zu gehen und ihm alles zu berichten.

„Dieser Doktor Mapluster ist nicht allein gekommen. Vielleicht hat sein Begleiter den Knochen genommen", vermutete Poppi.

Onkel Titus überlegte kurz und griff dann zum Telefonbuch. Er suchte eine Nummer heraus und wählte.

„Guten Tag, hier Titus Mahler!"

Gleich darauf hielt der Forscher den Hörer weit

von sich. Am anderen Ende der Leitung kreischte und fluchte eine hohe Stimme. Als sie sich ein wenig beruhigt hatte, sprach der Onkel weiter: „Ihr Assistent scheint aus Versehen etwas mitgenommen zu haben, das mir gehört!“

Wieder brüllte und tobte jemand am anderen Apparat. Onkel Titus hörte sich alles geduldig an und legte nach einer Weile wieder auf.

„Der Beifahrer von Mapluster war niemand anderer als seine Frau. Sie behauptet, sie hätte nur ein wenig lauschen wollen. Den Knochen habe sie gar nicht gesehen. Aber sie will deinen Hund beobachtet haben, Poppi. Der Köter hat angeblich gegraben. Im Misthaufen ... neben dem Haus am Zaun. Hat er dort vielleicht meinen Saurierknochen eingebuddelt?“

Onkel Titus blickte das Mädchen streng an.

Poppi schluckte ein paar Mal verlegen, trat von einem Bein auf das andere und murmelte: „Na ja, möglich ist es schon ... aber Puffi ist kein Köter!“

„Ist er doch!“, schimpfte der Forscher aufgebracht.

„Halt! Stopp!“, mischte sich Lieselotte ein. „Ich glaube, ich weiß, wer den Knochen hat!“

KRIMI-FRAGE:

Wer hat den Knochen?

KRIMI-LÖSUNG:

P	Ü	Ä	M	K	N	B	V	C	R	E	W	S
D	L	I	E	J		H	F	G	R	A	R	W
U	G		V	B	O	Z	N	4		D	I	O
O	D	K	T	G	O	Z	R	U		M	K	L
A	D	P	L	T	U	5	S	B	T	E	Y	M
R	U	.		F	P	W	U	A	F	F	Z	U
I	U		W	P	A	M	R	Z		D	F	D
O	M	C	H	B		F	A	D	M		Q	H
G	R	I	T	U	T	O	E	Ü	R		D	F
D	K	E	S	Ä		X	K	V	E	L	M	1
L	A	E	R	S	F	4	E	X	N	S	F	C
T	B	E	R	I	S	N		O	A	N	M	0
G	6	E	B	C	U	R	N	3	D	E	Ö	M
N	G	.		B	H	Z	T	4	E	W	I	O
3	D	5	V	G	T	Z	H	U	J	I	K	L
3	D	X	R	T	G	5	H	B	V	X	Y	M
O	U	7	G	F	E	W	Q	A	Y	X	Z	U
Z	U	I	O	P	L	M	N	Z	T	R	F	D
V	G	T	Z	H	U	J	I	K	L	L	E	3
R	T	G	5	H	B	V	X	Y	M	Ü	M	O
G	F	E	W	Q	A	Y	X	Z	U	R	T	Z
O	P	L	M	N	Z	T	R	F	D	N	O	J

Knickerbocker-Scharfblick

Präge dir das Gesicht von Maria Murxmüller gut ein und beantworte dann die Fragen auf der nächsten Seite!

KRIMI-FRAGEN:

1. Welche Form hat das Gesicht?
2. Hat Maria einen Scheitel?
3. Mit welchem Auge schielt Maria?
4. Welches Ohr steht ab?
5. Welcher Zahn fehlt?
6. Hat Maria ein Muttermal?
7. Wo hat Maria eine Narbe?
8. Wie viele Ohrringe trägt Maria?
9. Was hat Maria an der Nase?
10. Was hat sie im Haar?

KRIMI-LÖSUNG:

I	U	N	B	V	C	R	E	W	S	A	9	O
1	J	.			B	V	I	R	R	N	S	Y
E	V	N	F	F	Ö	9	R	J	M	I	R	Q
G	O		2	2	.	E		Y	J	A	F	T
	U	3	.	.		N	R	F	E	C	S	Y
H	Ä	T	S	S		N	4	V	.		W	L
R	I	E	C	C	H	F	T	W	E		Ö	P
5	V	.			D	9	E	J	R		7	J
E	J	C	K	K	Z	R	A	W	H	N	9	O
	J	6	.	.		V	N	R	E	I	S	Y
N	V		7	7	.	9		J	A	M	R	Q
	O	K	I	J	N	R	N	W		8	9	O
.	J		E	E	I	V	N	R	E	N	S	Y
	Ö	9	.	.		9	E	J	I	N	R	Q
E	O		W	W	A	M	R	B	Z	E	W	S
	Ü	1	O	O	.	B		C	E	I	W	S
N	L	E			S	H	P	G	A	N	R	W
G	G	E			I	Z	N	4		H	I	O
U	D	N	D	D	E	Z	F	U	O	R	K	L
M	D		R	T	G	5	H	B	V	X	Y	M

10 Kennzeichen richtig = 🔍🔍🔍🔍🔍
8–9 Kennzeichen richtig = 🔍🔍🔍🔍
6–7 Kennzeichen richtig = 🔍🔍🔍
4–5 Kennzeichen richtig = 🔍🔍
2–3 Kennzeichen richtig = 🔍

Der Schimpansen-Schmuggler

„Hotel Viktoria, guten Tag!“, meldete sich die Telefonistin. „Was wollen Sie wissen? Ob das Nachttopf-Museum und die Zündholzschachtel-Sammlung heute geöffnet haben? Da sind Sie bei mir falsch. Aber ich kann es Ihnen trotzdem sagen: Das Nachttopf-Museum ist wegen Renovierung noch bis nächste Woche geschlossen. Die Zündholzschachtel-Sammlung können Sie besuchen ... Gut ... Wiederhören!“ Und schon leuchtete wieder eine Lampe auf dem großen Schaltbrett auf. „Hotel Viktoria, guten Tag ... Einen Augenblick, bitte!“ Blitzschnell stöpselte Frau Klicker die beiden Enden eines Kabels in zwei der zahlreichen Stecker auf dem Schaltpult. Sie legte einen Hebel um und drehte sich dann zu den Kindern.

Axel, Lieselotte, Dominik und Poppi staunten. Dominiks Onkel war der Direktor des Hotels Viktoria und hatte der Knickerbocker-Bande erlaubt, die Telefonzentrale zu besichtigen.

„Alles noch ziemlich altmodisch bei uns, aber im Sommer bekommen wir eine hypermoderne Anlage!“, erzählte die Telefonistin. „Übrigens: Ich hätte eine Bitte an euch. Könntet ihr mich für drei Minuten vertreten. Ich muss schnell einmal wohin. Wenn es schnarrt, einfach den roten Hebel umlegen und sprechen. Vertröstet den Anrufer um ein paar Minuten.“

Die Knickerbocker-Bande erfüllte die Bitte gerne. Dominik setzte sich auf den Drehsessel und begutachtete die vielen Schalter und Stecker. Er nahm die Kopfhörer und aus purer Neugier drückte er einen der Hebel nieder. Erschrocken bemerkte er, dass er nun ein Gespräch mitanhörte. Der Junge hielt die Luft an.

„… musst unbedingt morgen mit den Tieren über die Grenze. Wie viele sind es diesmal?“, fragte eine tiefe Männerstimme. „Zehn!“, krächzte jemand am anderen Ende der Leitung. „Gut, dann überleben mindestens zwei bis drei. Ich übernehme die Schimpansen auf dem Autobahnrastplatz nach Kilometer hundertzwölf. Bis morgen.“ Ein Klicken verriet Dominik, dass das Gespräch beendet war.

Aufgeregt berichtete er seinen Freunden, was er gehört hatte.

„Das muss der Schimpansen-Schmuggler sein,

über den so viel in der Zeitung steht", rief Poppi. „Er verkauft die Tiere an Firmen, die dann Versuche mit den Affen machen! Meistens werden für die Experimente nur Schimpansenbabys gesucht, und um an sie heranzukommen, erschießen die Tierfänger die Affenmütter. Es ist so grausam und schrecklich!" Poppi hatte Tränen der Wut in den Augen.

„Leute, einer der Schmuggler befindet sich zweifellos in diesem Hotel!", verkündete Axel.

„Und wir werden ihn ausfindig machen!" Das stand für Lilo fest.

Frau Klicker kam zurück und Lilo gestand ihr, dass sie in ein Gespräch geraten waren. Zum Glück verstand die Telefonistin, worum es ging, und verzichtete auf eine Strafpredigt. Sie warf einen nachdenklichen Blick auf das Schaltpult. „Das Telefonat kann eigentlich nur aus zwei Zimmern gekommen sein. Entweder aus Nummer zweihundertdreizehn oder aus Nummer zweihundertvierzehn!"

„Den Rest finden wir heraus!", rief Axel und stürmte mit den anderen in den zweiten Stock. Die Knickerbocker-Bande klopfte zuerst an der Tür zu Zimmer 213. Es dauerte lange, bis ein unrasierter, verschlafener Mann in einem abgewetzten Morgenmantel öffnete.

„Was wollt ihr?“, knurrte er. „Ich dachte, ihr seid das Zimmermädchen und bringt mir mein Frühstück.“

„Frühstück?“, wunderte sich Dominik. „Es ist Mittag!“

„Wie lange ich schlafe, geht dich nichts an, Kleiner. Bin froh, dass ich überhaupt ein Auge zukriege. Du hast keine Ahnung, was es bedeutet, an Schlaflosigkeit zu leiden. Warum habt ihr mich eigentlich geweckt? Ich hoffe, ihr habt einen guten Grund!“

„Wir vermuten einen Tierschmuggler im Hotel!“, verriet Axel dem verschlafenen Herrn. Im nächsten Moment ärgerte er sich, weil er zu viel gesagt hatte. Den Mann schien das alles nicht zu interessieren. „Kinderkram. Spielt woanders!“, brummte er böse und schlug die Tür zu.

Als die Knickerbocker-Bande bei Zimmer 214 anklopfen wollte, stürzte gerade ein Mann in einem dicken Pullover heraus. Erstaunt musterte er die vier Kinder. „Darf ich wissen, was ihr hier sucht?“

„Wir wollten Sie nur etwas fragen. Haben Sie vorhin telefoniert?“, erkundigte sich Lieselotte.

Der Mann überlegte kurz und nickte.

„Ich habe mit meiner Zuckermaus ein wenig geplaudert. Aber woher wisst ihr das?“ Misstrauisch und streng musterte er die vier Knickerbocker. Er wartete die Antwort jedoch gar nicht ab, sondern warf plötzlich einen hastigen Blick auf seine Uhr. „Um Himmels willen, ich komme zu spät ins Nachttopf-Museum! Dort war ich gestern schon, weil ich ein Buch über Nachttöpfe schreibe. Wir sprechen uns noch!", rief er und rannte davon.

In Lilos Kopf rotierten die Krimi-Grübelzellen.

„Ja", sagte sie schließlich bestimmt, „ich habe jetzt einen Verdacht. Ich glaube, ich weiß, wer der Schimpansen-Schmuggler ist."

Übrigens: Lilos Verdacht bestätigte sich. Der Mann wurde verhaftet und verurteilt. Die kleinen Affen, die er am nächsten Tag übernehmen sollte, wurden gefunden. Sie haben in Tiergärten ein neues Zuhause gefunden.

Krimi-Frage:

Wer ist der Tierschmuggler?
Der Mann aus Zimmer 213
oder der aus Zimmer 214?

Krimi-Lösung:

Z	B	V	C	D	E	W	S	A	Q	Ö	Ä	Ü
D	U	E	R	L		Ö	H	Ä	E	R	L	E
R	X		V	C	O	E	N	F		Z	G	T
I	M	M	M	,	E	I	R	O		2	Ä	Ü
1	F	4	.	W		A	D	-	I	E	I	L
	B	N	A	D	C	X	H	A	T	T	L	O
O	J	P	F	N	-	G	S	F	A	M	S	Q
M	J	L	U	B	N	T	G	C		I	X	W
S	X	T		R	G	T	E	Z	S	C	M	I
H	X	L	O	C	S	R	S	F	E	N	G	Z
.	M		I	M	J	O	,	K	P	.	L	P
D	E	W	S	A	Q	Ö	Ä	Ü	H	Z	J	U
L	O	Ö	P	Ä	Ü	-	L	E	Y	A	Q	X
C	D	E	V	F	R	B	G	T	N	H	Z	M
,	*	I	L	O	Ö	P	Ä	Ü	C	D	E	F
W	Q	A	Y	-	J	K	I	L	N	H	G	B
D	C	X	S	A	Y	I	L	O	L	O	M	J
M	9	K	I	R	5	G	6	H	N	8	M	O
X	D	E	R	F	V	G	T	H	Z	J	U	K
M	U	J	8	Z	G	T	R	E	D	S	Q	N
L	O	I	U	Z	G	T	R	F	E	D	S	W
C	E	R	G	Z	H	N	J	U	7	6	5	4

Torte mit Bombe

MAXI KRIMI

Verdammt!

„Hallo, Kinder, darf ich euch um etwas bitten?“ Mit diesen Worten trat eine etwas abgehetzt wirkende, blasse Frau vor die Knickerbocker-Bande.

„Worum geht es? Wir müssen uns nämlich beeilen. Unser Flugzeug startet bald“, meinte Lieselotte.

„Ihr seid doch unterwegs nach Paris, nicht wahr?“, erkundigte sich die Dame.

„Schon wahr!“, gab ihr Axel Recht. „Wir sind vom TV-POP in eine wahnwitzig tolle Show eingeladen worden. Als Stargäste!“

„TV-POP ist ein Fernsehsender, der nur Kinder- und Jugendprogramme ausstrahlt“, erklärte Dominik. „Wir sollen von unseren Abenteuern erzählen!“

„Jaja, das habe ich gestern schon bei uns im Fernsehen gesehen“, unterbrach die Dame. „Deshalb möchte ich schnell ein Foto von euch machen."

„Wieso?", erkundigte sich Poppi misstrauisch.

„Greta Gorbo mein Name. Ich arbeite für das Bunte Blatt, die beliebte Wochenzeitung. Bitte, stellt euch zusammen und lächelt!"

Die Reporterin holte einen kleinen Fotoapparat aus der Manteltasche und drückte einige Male ab.

„Wenn ihr wollt, schicke ich euch gerne die Ausgabe zu, in der euer Bild erscheint", bot sie an.

„Bitte senden Sie die Zeitschrift an diese Adresse", meinte Dominik und überreichte ihr elegant eine Visitenkarte mit seinem Namen und seiner Adresse. Die Knickerbocker verabschiedeten sich hastig und wollten weiter. Aber Frau Gorbo hielt sie zurück.

„Würdet ihr mir noch einen kleinen Gefallen tun?", fragte sie vorsichtig.

„Kommt drauf an ...", brummte Lilo, die langsam ungeduldig wurde.

Die Reporterin holte eine Schachtel aus ihrer übergroßen Handtasche. „Das ist eine Torte. Eine echte Sachertorte. Wisst ihr, ich bin erst vorgestern aus Griechenland zurückgekommen. Ich war dort drei Wochen im Urlaub und habe in dieser Zeit eine Familie aus Paris kennen gelernt. Wirklich nette Leute, die mir einmal sehr aus der Patsche geholfen haben. Als Dankeschön möchte ich ihnen die Torte zukommen lassen. Aber wenn ich sie mit der Post schicke, verdirbt sie. Könntet ihr sie mitnehmen?"

Dominik sah darin kein Problem. Er klemmte die Schachtel unter den Arm und erkundigte sich nur: „Wird die Torte am Flughafen abgeholt?"

„Jaja", sagte Frau Gorbo. „Wird sie. Danke und Auf Wiedersehen!"

Lieselotte trieb ihre Freunde zur Eile an. „Los, los, wir müssen noch durch die Pass- und Gepäckkontrolle."

In diesem Moment ertönte der Flughafengong und eine freundliche Frauenstimme flötete: „Wir bedauern mitteilen zu müssen, dass der Flug FL zwei-zwei-sieben-sechs nach Paris aus technischen Gründen abgesagt werden muss. Die Passagiere werden gebeten, sich an den Schalter der Fluglinie ‚Flying Lion' zu begeben."

Enttäuscht ließen die Knickerbocker ihre Taschen fallen. Das war ihr Flug.

Wütend stapften sie zu dem Schalter, wo sie erfuhren, dass die nächste Maschine erst am nächsten Tag um die Mittagszeit starten würde. Dominik marschierte deshalb zu einer Telefonzelle und verständigte seine Eltern. Die Knickerbocker-Kumpels sollten alle bei ihm übernachten, damit sie am nächsten Tag gemeinsam zum Flughafen fahren konnten. Dominiks Vater bat die vier Freunde zum Parkplatz zu kommen. Von dort wollte er sie abholen.

Als Axel, Lilo, Poppi und Dominik aus dem Flughafengebäude traten, dämmerte es bereits. Kein Wunder. Das geschah jeden Tag im Juli gegen acht Uhr abends.

Plötzlich heulte unweit der Junior-Detektive ein Motor auf und ein gelber Wagen raste knapp an ihnen vorbei. Erschrocken sprangen die Knickerbocker zurück.

„Elende Wildsau!“, schrie Axel dem Auto nach.

„He“, Dominik verzog nachdenklich das Gesicht, „hat da nicht diese Frau Gorbo hinter dem Lenkrad gesessen?“

Die anderen zuckten mit den Schultern. Sie hatten nichts gesehen.

Dominik grübelte weiter. Irgendetwas hatte ihn an der Reporterin gestört. Aber was?

KRIMI-FRAGE:

Was könnte es sein?

KRIMI-LÖSUNG:

I	U	E	R	V	C	R	E	W	S	A	9	O
W	J	E	R	B		V	D	R	R	E	S	Y
I	V		W	8	O	9	C	J	H	E	R	Q
N	O		I	T	M	E		Y	J	U	F	T
N	U	I		L	I	N	N	F		G	S	Y
R	Ä	I	E	N	C	N	H	V	E	N	W	L
L	I	A	N	N	D	F		W	W	A	Ö	P
R	V	,		8	I	9	S	J	T		7	J
B	J	R	A	V	U	R	N	W	G	E	9	O
B	J	R	A	B	N	V	N	R	T	.	S	Y
	V	F	R	8	A	9	U	J		G	R	Q
O	O	R	B	V	O	R		W	W	A	9	O
R	J		B	Ü	L	V	A	R	S	S	S	Y
.	Ö		Z	8	U	9	F	J	A	L	R	Q
L	O			I	O	M	D	B	E	R	W	S
	Ü	H	A	K	T	B		C	S	I	W	S
E	L		G	J	E	H	S	G	C	H	R	W
W	G	I	N	B	D	Z	E	4	L	T	I	O
?	D		V	G	T	Z	H	U	J	I	K	L

Die Explosion

Dominiks Freunde lachten nur über seinen Verdacht. Wieso sollte eine Reporterin sie anlügen? Sie hatte doch keinen Grund dazu!

Müde und dennoch aufgeregt fielen die Knickerbocker-Kumpels in die Betten. Bald waren sie eingeschlafen.

In der Nacht wurde Axel dann von einem Geräusch geweckt. Er benötigte einige Minuten, um sich zurechtzufinden. Wo war er? Ach ja! Jetzt erinnerte er sich. Er lag in Dominiks Zimmer im Untergeschoss eines Stockbettes. Über ihm schnarchte sein Freund.

Aber nicht das Schnarchen hatte ihn aus dem Schlaf gerissen, sondern etwas anderes. Im Augenblick herrschte jedoch absolute Stille.

Da schlug im Wohnzimmer eine Uhr. Dreimal hoch und zweimal tief. Als sie fertig war, kehrte wieder Ruhe ein.

Oder doch nicht? Da war ein Kratzen und Schaben. Es kam aus dem Raum nebenan.

„Aber das ist das Vorzimmer!“, fiel dem Jungen ein. Ein schlimmer Gedanke zuckte wie ein Blitz durch seinen Kopf. Sollte vielleicht ein Einbrecher an der Tür sein?

Axel weckte seinen Kumpel und gemeinsam versuchten sie die Laute zu erkennen. „Ich glaube ... da ist wirklich jemand an der Tür“, krächzte Dominik heiser. „Aber er kann nicht herein, weil wir eine Sicherheitskette haben. Komm, wir werfen einen Blick durch das Guckloch. Dann wissen wir mehr!“

Mit bloßen Füßen tappten die Jungen in den Vorraum und spähten durch den Spion nach draußen. Auf dem Gang brannte Licht. Doch zu erkennen war niemand. Es herrschte absolute Stille. „Kein Mensch da. Wir haben uns getäuscht“, brummte Dominik. „Wahrscheinlich ist nur wieder eine Katze unterwegs und scharrt an den Türen.“

Er beschloss den Mauzerich zu vertreiben, da er ungestört weiterschlafen wollte. Zu diesem Zweck klinkte er die Kette aus und öffnete die Tür.

„Keinen Ton, sonst knallt's!“, zischte da eine Stimme. Ein junger Mann, der sich neben der Tür gegen die Wand gepresst hatte, drängte die beiden Jungen zurück und zwängte sich in die Wohnung. Er hatte so geschickt gestanden, dass man ihn durch das Guckloch nicht sehen konnte.

Seine rechte Hand steckte in der Tasche, in der er anscheinend eine Waffe hatte. Mit ihr deutete er jetzt auf Dominik und Axel, denen es vor Schreck die Sprache verschlagen hatte.

„Wo ist die Torte?“, fragte der Mann leise.

„Im ... im Kühlschrank“, wisperte Dominik.

Der Mann ließ sich zeigen, wo die Küche lag, und rannte los. Wenige Sekunden später kehrte er mit der Schachtel zurück. „Ihr zählt nun artig bis hundert, dann könnt ihr tun, was ihr wollt. Falls ihr früher etwas unternehmt, kann ich für nichts garantieren!", schärfte ihnen der Einbrecher ein.

Er raste aus der Wohnung und die beiden Knickerbocker hörten, wie seine Schuhe über die Treppe klapperten.

„Eins ... zwei ... drei ... vier ... fünf ... sechs ...", zählten die Jungen langsam. Da donnerte unter ihnen eine gewaltige Explosion und weißer Rauch quoll durch das Treppenhaus. Axel schlug die Wohnungstür zu und lehnte sich dagegen. Er war schneeweiß im Gesicht.

„Was ... was ist denn das für ein Krach?" Verschlafen tappte Lilo aus dem Gästezimmer und rieb sich die Augen.

„In der Torte ...", berichtete Axel, „in der Torte war ... eine Bombe. Sie ist soeben hochgegangen!"

„Wie ist das denn möglich?", staunte Lilo.

In diesem Augenblick kamen auch Dominiks Eltern aus dem Schlafzimmer. Als sie erfuhren, was geschehen war, verständigten sie sofort die Polizei.

BOOM

KRIMI-FRAGE:

Um wie viel Uhr kam der Einbrecher?

KRIMI-LÖSUNG:

Z	B	V	C	D	E	W	S	A	Q	Ö	Ä	Ü
U	M	K		L	2		P	U	Ü	H	L	E
R		S	4	C	5	!	V		R	D	G	T
I	E	J		,	D	R	L	E	Ö	I	Ä	Ü
	H	V	O	W	H	E	Y	N	J		I	L
U	H	V	R	D	S	C	S	H	Y	L	L	O
Ä	G	U	E	N		B	T	E	D	D	S	Q
E	U	U	T	B	E	N	V		R	4	X	W
5		E	M	R	I	N	B	U	N	T	M	I
E	N	S	.	C		D	V	I	T	E	G	Z
B	E	J	I	M	D	E	,	N	P		L	P
T	I	W	E	A	F	E	Ä	N	H		J	U
2		Ö	U	Ä	H	R	L	.	Y		Q	X

Der goldene Drache

Noch in der Nacht erzählten die vier Knickerbocker den Kriminalbeamten von Frau Gorbo und der Torte. Die Polizisten schüttelten immer wieder den Kopf und wollten die Geschichte nicht glauben. „Nein, nein, die Bombe war sicher nicht in der Torte“, meinten sie. „Da war vielleicht etwas anderes versteckt. Rauschgift möglicherweise. Die Bombe hat jemand dem Mann vor die Füße geworfen." Mehr sagten sie aber nicht dazu.

Aus dem Radio erfuhren die Junior-Detektive am nächsten Tag Genaueres.

„Gegen drei Uhr in der Früh explodierte heute in einem Haus im siebten Bezirk in Wien eine Bombe. Ein Narkosegas strömte aus und betäubte den vierundzwanzigjährigen Jürgen Hofmann", lautete der Bericht, den der Sprecher vorlas.

„Diese Bombe war nicht zufällig in der Torte", überlegte Lieselotte laut. „Sie sollte im Flugzeug hochgehen."

„Aber dann wären wir vielleicht abgestürzt", meinte Poppi entsetzt.

„Nein, es wäre doch auch nur das Gas herausgeströmt und hätte alle Fluggäste in Tiefschlaf versetzt", fuhr Lilo fort. „Wir haben doch schon selbst einmal etwas Ähnliches erlebt. Bei der Party mit dem Wolfsmann ... Ein Gangster hat dann alle betäubten Gäste beraubt!" *

„Aber wieso hat der Gangster nicht auch geschlafen?", wollte Poppi wissen. Dominik konnte ihr das erklären: „Weil er eine Gasmaske getragen hat. Erinnerst du dich nicht?"

* Den Fall findet ihr in „Ratekrimis", Band 2: „Wenn der Wolfsmann heult".

Poppi schüttelte den Kopf, denn auch sie war damals ein Opfer des Narkosegases gewesen.

„Wer ist diese Frau Gorbo?“ Lieselotte blickte die anderen fragend an. Natürlich wussten sie keine Antwort. Plötzlich aber fiel Dominik etwas ein: „Auf dem Flughafenparkplatz ist doch ein Wagen an uns vorbeigerast. Ich habe darin die Reporterin erkannt. Ich wette, mein Verdacht, dass sie nicht in Griechenland war, entspricht den Tatsachen.“

„Dominik“, stöhnten die anderen, „bitte rede nicht so geschraubt und komm zur Sache.“

„Auf dem Auto war ein goldener Drache aufgemalt. Ein Fabeltier, wie man es zum Beispiel in China sieht!“

Lieselotte horchte auf. Das war ein Anhaltspunkt. „Beim Stichwort ‚Goldener Drache‘ fällt mir vor allem ein China-Restaurant ein. Dort sind diese Feuerspeier oft zu sehen.“

Sie schnappte das Telefonbuch und blätterte darin. Vielleicht war etwas unter ‚Goldener Drache‘ zu finden.

„Hier“, rief sie und deutete auf eine der Textspalten. „Es gibt tatsächlich ein chinesisches Restaurant, das so heißt. Allerdings sehe ich hier auch ein Gasthaus ‚Zum güldenen Drachen‘ – Wiener Küche. Das könnte es auch sein.“

„Überrumpelungstaktik?", fragte Axel. Lilo nickte und griff zum Telefon.

Zuerst rief sie im China-Restaurant an.

„Hallo, Restaurant zum Goldenen Drachen, guten Tag", meldete sich eine hohe Stimme.

„Ich glaube nicht, dass Sie einen guten Tag haben werden. Hier sprechen die Kinder, denen Sie die Bombe übergeben haben."

„Ling versteht kein Wort", lautete die Antwort.

„Stellen Sie sich nicht so dumm. Ihre Komplizin, die sich Frau Gorbo nennt, hat uns eine Torte mit eingebauter Bombe überreicht."

„Ling versteht noch immer kein Wort", meinte der Chinese am anderen Ende der Leitung.

„Was ist los, Ling?", donnerte eine tiefe Stimme aus dem Hintergrund.

„Hier sind Kinder, die behaupten, wir hätten ihnen eine Torte mit Bombe auf dem Flughafen gegeben", meldete Ling dem Besitzer der tiefen Stimme.

„Leg auf, es kann sich da nur um einen schlechten Scherz handeln", befahl die Stimme.

Ling gehorchte.

Lieselotte überlegte kurz und wählte dann die Nummer des „Güldenen Drachen".

Eine singende, quängelnde Frauenstimme meldete sich.

„Guten Tag, hier sind die vier Kinder, denen Sie gestern am Flughafen die Torte mit Bombe übergeben haben“, verkündete das Superhirn.

„Aha“, lautete der Kommentar am anderen Ende der Leitung. „He, Leo“, rief die Frau dann ins Lokal, „seit wann haben wir ‚Torte mit Bombe‘? Ist das eine neue Spezialität?“ Sie stutzte und bemerkte, was sie gerade gesagt hatte. „Also, pass auf, Mädchen“, begann sie dann, „wir liefern Torten zum Flughafen, von wo sie in die ganze Welt versandt werden. Aber trotzdem führen wir keine Torten mit Bomben. Das soll wohl ein Witz sein!“

„Ist es leider nicht“, meinte Lilo.

„Hör zu“, die Frauenstimme klang nun scharf und wütend, „ich hasse Telefonscherze dieser Art. Wenn du noch einmal anrufst, sorge ich dafür, dass eine Torte mit Bombe gebacken wird. Und DU erhältst das erste Stück!“

Peng! Sie hatte den Hörer hingeknallt.

„Und … was ist?“, fragten die anderen neugierig.

Das Superhirn nickte. „Zu einem dieser Restaurants führt eine heiße Spur!“

KRIMI-FRAGE:

Zu welchem?

KRIMI-LÖSUNG:

Z	U	J	I	K	8	6	R	W	4	0	M	Ö
Z	B	U	M	W		L	G	P	O	L	H	T
D	T	E	N	8	E	K	N	0		D	Ä	Ü
R	F	A	C	G	H	H	E	U	N	.	D	S
	K	L	I	V	L	X	O	W		H	9	U
A	L	T		P	D	Ü	E	5	N		X	9
F	U	L	U	K	G	6	H	W	A	F	M	Ö
E	Z	N		A	N	O	I	Ö	C	H	T	C
T	T		E	8	R	K	W	0	Ä	H	Ä	Ü
N	F	T	.	G		H	L	U	I	N	D	S
G	K		W	V	U	X	S	W	S	T	A	U
E	K		D	P	A	Ü	V	5	O	N	X	9
.	U		I	K	8	6	R	W	4	0	M	5
F	B	Z	R	W	A	L	O	P	Ö	M	H	G

Der schwarze Kämpfer

Das Krimifieber hatte die Knickerbocker-Bande wieder einmal gepackt. Sie machten sich auf den Weg zum Restaurant „Goldener Drache“ und wollten nach Frau Gorbo Ausschau halten. Erst wenn sie ihre Vermutungen beweisen konnten, wollten sie die Polizei einschalten.

GESCHLOSSEN stand auf einem kleinen Schild, das an der Tür des Restaurants hing. Doch dadurch ließen sich echte Knickerbocker nicht abwimmeln.

Poppi und Dominik sollten auf der Straße bleiben und die anderen zwei warnen, falls sich jemand Verdächtiges näherte. Axel und Lieselotte wollten nämlich in den Hof des Hauses schleichen, in dem sich das Lokal befand. Sie hofften, dort weitere Hinweise zu entdecken.

Vorsichtig drückten sie die Klinke der mächtigen grünen Holztür nieder, die unter leisem Quietschen und Ächzen aufschwang. Die beiden Knickerbocker schlüpften hinein und sahen sich hastig um.

Sie befanden sich in einem ruhigen, engen Innenhof, der nur zum Teppichklopfen verwendet wurde. Bei zwei Fenstern im Erdgeschoss waren die Oberlichter aufgeklappt und es wehte der Gestank von altem, ranzigen Fett und angebrannter Milch heraus.

„Dahinter muss die Küche sein“, flüsterte Lieselotte Axel zu. Ihr Kumpel nickte und schluckte. Erstens wurde ihm bei diesen Gerüchen übel, zweitens jagte ihm die drohende Stille des Hofes Angst ein.

„Noch heute Nachmittag müssen wir zuschlagen“, sagte da eine tiefe Stimme ganz in der Nähe der Knickerbocker-Freunde.

Lilo und Axel gingen augenblicklich hinter drei Mülltonnen in Deckung.

„Das ist der Typ, den ich auch am Telefon gehört habe“, wisperte das Superhirn.

„Chef, die Sache ist polizeibekannt. Wie sollen wir noch eine Torte an Bord der Maschine schmuggeln?“ Diese Frage hatte zweifellos Frau Gorbo gestellt. Die Bande schien ihr Hauptquartier in der Küche des Restaurants zu haben.

„Lassen Sie sich was einfallen“, trug ihr der „Chef“ auf. „Verstecken Sie die Bombe diesmal in einem Teddy. Oder in einem Aktenkoffer, den Sie einem Geschäftsmann unterjubeln.“

„Ist es sicher, dass Doktor Marok mit der Mittagsmaschine fliegt?“, erkundigte sich eine hohe Stimme, die wahrscheinlich Ling gehörte.

„Ja, hundert Prozent sicher, und der van Gogh befindet sich zusammengerollt in seinem Spazierstock. Nur er ist das Ziel dieser Aktion, denn mit ihm können wir einige hundert Millionen erzielen!“

„Wieso transportiert Doktor Marok ihn im Stock?“, wollte Ling wissen.

„Weil er ihn selbst gestohlen hat und nun nach Frankreich schmuggelt“, erklärte ihm der Chef.

„Sobald das Gas ausgeströmt ist, holst du dir das Ding. Dann legst du deine Gasmaske zu einem der Passagiere, setzt dich auf deinen Platz und lässt dich selbst betäuben. So wird keiner dich verdächtigen. Verstanden, Ling?“

„Jaja“, lautete die kurze Antwort.

Axel und Lieselotte hatten genug gehört. Auf Zehenspitzen tappten sie zum Hoftor, das nur noch einen winzigen Spalt breit offen stand. Sie wollten es gerade aufziehen, als plötzlich eine schwarze Gestalt von oben auf sie herabsprang.

Mit einem Aufschrei taumelten die beiden Knickerbocker zurück. Ein kleiner, drahtiger Mann in einem schwarzen Kampfanzug stand vor ihnen. Es handelte sich zweifellos um einen Chinesen, der sich aus dem oberen Stockwerk auf sie gestürzt hatte.

Er stieß einen drohenden Schrei aus und hob die Hände zum Kampf. „Karate“, keuchte Axel, „der ... der will uns mit Karateschlägen fertig machen!“

„Mit seinem Geschrei wird er das ganze Haus aufmerksam machen“, meinte Lilo trocken.

„Bitte Widerspruch“, kicherte der Chinese. „Hier wohnt keiner!“

Mit einem weiteren Schrei sprang er in die Höhe und trat nach Lieselotte. Er ließ die Handkanten durch die Luft wirbeln und versuchte das Mädchen zu treffen. Doch dieses wich geschickt und blitzschnell aus, und der Karatekämpfer fuchtelte nur wild durch die Luft.

Immer weiter und weiter drängte er die beiden Knickerbocker gegen die Mauer. Als Axel die Ziegelwand im Rücken spürte, wurde ihm ziemlich mulmig. Was hatte der kleine schlagwütige Kerl vor?

„Was … was jetzt? Was machen wir?“, flüsterte er Lilo zu. Die grinste nur.

Blöde Angeberin, dachte der Junge grimmig, als auch er den Grund ihrer Fröhlichkeit erkannte. Der näherte sich sehr langsam und lautlos von hinten.

Ganz plötzlich und unerwartet wurden dem Karatekämpfer dann die Füße vom Boden weggeschlagen. Er verlor das Gleichgewicht und landete hart auf dem Pflaster. Sofort sprangen Lieselotte und Axel auf ihn und drückten seine Schultern nach unten.

„Gut gemacht, Dominik“, lobte Lilo ihren mutigen Kumpel. Der wütende Karatekämpfer wollte sich befreien, doch die Junior-Detektive hielten ihn zu zweit eisern fest.

„Loslassen“, befahl da eine tiefe Stimme.

Alles aus!, schoss es Axel durch den Kopf.

Ein großer, bulliger Chinese in einem engen, grauen Anzug war durch die Hintertür des Restaurants in den Hof getreten.

Doch schon im nächsten Moment konnten die Knickerbocker aufatmen. Das laute Geheul von Polizeisirenen ertönte und kurz darauf hielten zwei Streifenwagen mit quietschenden Bremsen vor dem Haus. Poppi hatte die Polizei alarmiert. Dominik und sie hatten nämlich mithilfe ihres Periskops durch den schmalen Türspalt in den Hof gespäht und alles beobachtet!

Die Bande flog auf und wurde verhaftet. Ihr Plan war damit geplatzt und ein gestohlener Wertgegenstand konnte dank der Hinweise durch die Knickerbocker-Bande gerettet werden.

KRIMI-FRAGE:

Um welchen Wertgegenstand handelte es sich?

KRIMI-LÖSUNG:

Z	B	V	C	D	E	W	S	A	Q	Ö	Ä	Ü
U	M	K		L	E	I	P	N	Ü		L	E
B	I	S	L	C	D		V	V	R	O	G	T
N		J	V	,	I	N	L	C	Ö	E	Ä	Ü
N	T	V		W	V	A	Y	N	J		I	L
G	O	V	G	D	H	.	S		Y	I	L	O

Poppis Krimi-Tagebuch

Lösegeld für Putzimutz

Am vergangenen Dienstag hat mich der Vitamin-Wahnsinn gepackt. Ich hatte plötzlich Heißhunger auf Orangen und Bananen und habe aus diesem Grund einen Obstladen geplündert. Als ich voll bepackt mit Einkaufstüten auf die Straße getreten bin, ist mir Tante Brunhilde entgegengekommen. Tante Brunhilde ist nicht meine richtige Tante, aber ich nenne sie trotzdem so. Sie hat oft auf mich aufgepasst, als ich noch klein war, und von ihr habe ich meine erste Katze geschenkt bekommen.

Als mich Tante Brunhilde hinter den Papiertüten entdeckte, kam sie aufgeregt näher und flüsterte: „Mein Putzimutz ist entführt worden.“

Zur Erklärung: Putzimutz ist ein Kater. Er hat ein streichelweiches, langes, silbergraues Kuschelfell und friedlich-lieblich glänzende Augen. Wenn er aber mit der linken Pfote zuerst aufgestanden ist – und das geschieht fast jeden Tag –, kann sich

Putzimutz in ein fauchendes, schlagkräftiges und kratzendes Mauz-Monster verwandeln.

Zuerst wollte ich Tante Brunhilde nicht glauben, aber sie blieb steif und fest bei ihrer Behauptung. Also begleitete ich sie nach Hause, wo sie mir unter Schluchzen und Schniefen alles genau schilderte.

„Heute Vormittag war mein Putzimutz ein wenig missgelaunt. Als ich ihn kraulen wollte, hat er mir sogar mit den Krallen gedroht. Also habe ich ihn in Frieden gelassen. Außerdem musste ich mich um den Maler und den Tapezierer kümmern. Weißt du, Putzimutz hat die Röschen auf der alten Tapete immer für Fliegen gehalten. Und weil er zu faul war sie zu fangen, hat er sie nur stundenlang angefaucht. Das konnte ich weder ihm noch mir länger zumuten. Darum habe ich mich entschlossen, dass Esszimmer neu streichen und tapezieren zu lassen. Ja, und als die beiden Männer Mittag essen gegangen sind, war mein Putzimutz verschwunden. Dafür lag das hier im Briefkasten."

Tante Brunhilde zog einen Papierfetzen aus der Schreibtischlade und schwenkte ihn vor meiner Nase auf und ab. „Rück fünftausend Riesen raus, sonst schere ich deinem Katzenvieh eine Vollglatze", stand darauf.

„Hatte einer der Handwerker eine große Ta-

sche bei sich, in der er Putzimutz vielleicht weggetragen haben könnte?“, erkundigte ich mich. Tante Brunhilde nickte. Eine gemähte Wiese, dachte ich. Der Kerl mit der Tasche war's. Aber denkste.

„Beide hatten große Taschen!“, wimmerte sie.

Da läutete es an der Tür und der Maler und der Tapezierer kamen vom Mittagessen zurück. Von nun an wurden sie scharf beobachtet.

Schließlich hatte ich einen Verdacht. Jetzt brauchte ich nur noch Beweise. Deshalb schlich ich dem wahrscheinlichen Katzenentführer nach, als er sich auf den Heimweg machte. Nachdem er in seiner Wohnung verschwunden war, wartete ich ein paar Minuten. Dann nahm ich allen Mut zusammen und klingelte. Und wer fauchte und maunzte da hinter der Wohnungstür? Putzimutz!

Der Katzenkidnapper begrüßte mich zu meiner Überraschung freundlich und gestand alles: Er hatte unter größten Gefahren den schlagkräftigen Putzimutz narkotisiert und in seiner Tasche aus der Wohnung geschmuggelt. Jetzt war er allerdings heilfroh, das tobende Tatzentier wieder loszuwerden. Daher seine Freundlichkeit. Putzimutz hatte nämlich den ganzen Nachmittag lang ausprobiert, an welchen Möbelstücken er seine Krallen am besten schärfen konnte. Unter Einsatz meiner Hände habe ich das Mauz-Monster seiner glücklich bibbernden Besitzerin zurückgebracht. Den Täter habe ich nicht verraten. Putzimutz hatte ihn schon genug gestraft.

Krimi-Frage:

Wer war der Entführer?

Krimi-Lösung:

P	Ü	Ä	M	K	N	B	V	C	R	E	W	S
D	L	E	R	R		H	M	G	A	L	R	W
E	G	R	.			Z	E	4	R		I	O
H	D	A	T	T	T	Z	E	U		V	K	L
E	D	R	B	B	U	5	N	B	D	E	Y	M
N	U	E			H	W	Ä	A	N	D	Z	U
E	U		U	U	N	M	D	Z		E	F	D
I	M	N	E	E		F	K	D	R	A	Q	H
T	R	Z	S	S	P	O	U	Ü	R		D	F
I	K	M			G	X	E	V	S	I	M	1
C	A	H	T	T	.	4		X	D	A	F	C
S	B		L	I	Ä	N	S	O	S	T	M	0
	6	A	U	C	F	R		3	D	I	Ö	M
E	G		R	B	A	Z	C	4	H	E	I	O
	D	V	O	G	N	Z		U	P	U	K	L
T	D	Z	I	T	M	5	U	B	T	Z	Y	M
	U	S	C	F	H	W	L	A	I	E	Z	U
S	U	S	E	P	N	M	.	Z		R	F	D
H	G	T	Z	H	U	J	I	K	L	L	E	3

Schuh- und Reifenspuren abgießen

Du brauchst dazu:

- eine Tüte Gips
- Wasser
- eine Schale
- einen Streifen aus hartem Karton oder einen Geleestreifen oder einen Metallstreifen, wie er bei verstellbaren Kuchenformen verwendet wird.

(Geleestreifen aus Kunststoff oder Tortenstreifen aus Metall gibt es im Haushaltswarenladen oder in der entsprechenden Abteilung in Kaufhäusern.)

So wird es gemacht:

- Entferne mit der Pinzette Blätter, Aststücke oder Steine, die nachträglich auf den Schuhabdruck gefallen sind.
- Stecke den Karton- oder Gelee- oder Metallstreifen vorsichtig rund um die Spur in den Boden.

- Rühre den Gipsbrei an und gieße ihn in die Form. ACHTUNG: Gips wird schnell hart!
- Wenn der Gips hart wird, drücke rasch einige Holzstäbchen hinein, damit die Form fester wird!
- Wenn der Gips hart ist, nimm den Abguss vorsichtig heraus und reinige ihn behutsam von der Erde.
- Und nicht vergessen: Unbedingt beschriften!

Blütenduft im Pulverschnee

Was war da los? Vier junge Leute wedelten in St. Anton ohne Skier über die Pisten des Arlbergs! Gab es so etwas überhaupt?

Na klar! Es handelte sich nämlich um die Knickerbocker-Bande, die ein neues Wintersportgerät testete. „Snowrunner“ nannten sich die Skischuhe, an deren Sohle ein Miniski montiert war. Er reichte genau von der Ferse bis zur Zehenspitze und war trotzdem lang genug zum Fahren.

Lachend und gröhlend rutschten Axel, Lilo, Poppi und Dominik über die Hänge, schlugen Purzelbäume im Schnee und freuten sich über die erstaunten Gesichter der anderen Skifahrer.

Auch der Mann am Schlepplift wunderte sich sehr, als die vier Skifahrer hinaufgezogen werden wollten. „Aber ihr habt doch keine Skier an“, brummte er und deutete auf ihre Schuhe.

„Achtung, passen Sie auf, dass Ihnen kein Gletscherfloh in den offenen Mund springt!“, kündigte Axel an. Er stellte sich mit Dominik in die Liftspur, schnappte einen Bügel und schon glitten sie den Berg hinauf.

Lilo und Poppi taten das Gleiche.

Dem Liftwart klappte die Kinnlade nach unten und er starrte ihnen fassungslos nach.

„Mann, machen Sie das Maul zu. Andere wollen auch rauffahren!“, schnauzte ihn eine tiefe Stimme an. Der Mann vom Lift drehte sich um und blickte in eine große verspiegelte Skibrille, die fast das ganze Gesicht des Trägers bedeckte.

Hastig zog er einen Bügel herunter und überreichte ihn dem ungeduldigen Skifahrer.

Es war kurz vor Liftstütze sieben, als Axel wieder einmal der Wahnsinnswurm biss. Der Junge wollte Lilo unbedingt beweisen, dass er sich auch während der Liftfahrt einmal im Kreis drehen konnte. Dabei blieb er aber mit den Snowrunnern in einer Bodenwelle hängen, stürzte und rutschte nach rechts den Hang hinunter in den Wald. Der Schnee dort war so hart gefroren, dass Axel nicht bremsen konnte. Mit hohem Tempo sauste er zwischen den dicken Baumstämmen durch, bis seine Hosenbodenfahrt schließlich von einem dornigen Gestrüpp gestoppt wurde.

Ächzend und stöhnend richtete er sich langsam auf und rieb sein Hinterteil. Er blinzelte nach oben zum Lift, wo seine Freunde natürlich längst nicht mehr zu sehen waren.

Dafür bemerkte er etwas anderes. Ein Skifahrer in einem schwarzen Overall, mit schwarzer Haube, weißem Schal und großer, verspiegelter Schneebrille stieg bei Stütze sieben aus und fuhr elegant in den Wald hinein.

Kommt der, um mir zu helfen?, überlegte Axel. Doch dann beschloss er, hinter dem Strauchwerk in Deckung zu gehen. Ihn hatte plötzlich ein ungutes Gefühl beschlichen.

Das skifahrende schwarze Wesen wedelte auf eine knorrige, alte Tanne zu. Es stoppte, schnallte die Skier ab, bückte sich und zog unter dem mächtigen Wurzelstock einen schwarzen Rucksack hervor. Der Kerl mit der Spiegelbrille schulterte ihn, schnallte die Skier wieder an und verschwand zwischen den Bäumen.

Axel wartete einen Augenblick und begann dann den mühsamen Aufstieg zum Lift zurück. Dabei überlegte er fieberhaft, was in dem Rucksack gewesen sein könnte.

Ein paar Stunden später sollte es der Junge bereits erfahren.

Axel und seine Knickerbocker-Freunde betraten ein Sportgeschäft, um von ihren tollen Erfahrungen mit den Snowrunnern zu berichten.

„Mistkerl!“, schnaubte der Verkäufer, als er die vier sah.

„Wieso?“, rief Lilo empört. „Wieso ist einer von uns ein Mistkerl?“

„Euch habe ich nicht gemeint, verzeiht“, entschuldigte sich der junge Mann. „Aber ich habe gerade entdeckt, dass jemand mit einer Blüte gezahlt hat. Und ich bin sauer auf mich, weil ich es nicht bemerkt habe.“

Der Mann an der Kasse schob den Junior-Detektiven acht Tausend-Schilling-Scheine zu. Einer davon war eindeutig blauer als die anderen und außerdem um ein paar Millimeter kürzer. „Warum ist mir der Unterschied nicht gleich in meine kurzsichtigen Augen gestochen? Und was mache ich jetzt? Der Chef wird verlangen, dass ich die Blüte aus meiner Brieftasche ersetze. Er ist da unerbittlich!“ Der Verkäufer schüttelte verzweifelt den Kopf.

„Welche Beträge haben Sie in den letzten Stunden kassiert?“, erkundigte sich Dominik.

Der Verkäufer zog einen Papierstreifen aus der Kasse, auf dem Folgendes stand:

2990,--

9766,--

1120,--

4800,--

Lilo zwirbelte ihre Nasenspitze und tippte dann auf einen Betrag. „Was kostet so viel?“, wollte sie wissen.

Der Verkäufer überlegte kurz und antwortete dann: „Ich glaube, das sind Spezialskistöcke. Ich erinnere mich sogar, wer sie gekauft hat ... Ein Mann ... ein Mann, der dann auf der anderen Straßenseite in die ‚Snow-Bar‘ gegangen ist.“

„Vielleicht sitzt er noch dort!“, meinte Poppi. Die Knickerbocker und der Verkäufer liefen auf die Straße und spähten durch die großen Scheiben in das Innere der Bar. Der Mann war tatsächlich noch mit seinem Drink beschäftigt.

Lilo trug dem Mann aus dem Sportgeschäft auf, die Polizei zu rufen. „Entweder ist dem Typ die Blüte selbst angedreht worden oder er weiß mehr über die Fälscherbande zu sagen!“

Lilo hatte Recht. Am nächsten Tag flog eine ganze Fälscherbande auf. In einer Hütte auf dem Berg waren die Blüten gedruckt worden. Der schwarze Skifahrer hat sie dann vom Versteck bei der Tanne abgeholt und ins Tal befördert. Zu seinem Pech hat er zu früh damit bezahlt.

Die Knickerbocker-Bande hatte den Blütenzauber zum Verwelken gebracht.

KRIMI-FRAGE:

Welcher Betrag ist Lilo aufgefallen?

KRIMI-LÖSUNG:

Z	U	J	I	K	8	6	R	W	4	0	M	Ö
1	.	R	1	A	2	0	P	.	M	-	H	T
	D	H	A	8		W	M	U	P	R	Ä	Ü
D	E	R		G	N	U	Z	R	J		D	S
M	I	M	T	V		E	S	I	Q	N	9	U
E	M	M		P	T	A	K	U	G	S	X	9
E	N	J	D	K	E	R	R		4	B	M	Ö
E	Z	R	A	A	H	L	P	T	M	.	T	C
	T	H	Z	8	I	K	M	0	P	Ö	Ä	Ü
D	F	R	T	G	B	H	Z	U	J	M	D	S
I	K	M	B	V	C	X	S	W	Q	P	A	U
I	K	M	Ö	P	Ä	Ü	K	5	G	V	X	9
Z	U	J	I	K	8	6	R	W	4	0	M	5
F	B	Z	R	W	A	L	O	P	Ö	M	H	G
E	T	H	Z	8	I	K	M	0	P	J	Ä	Ü
R	F	R	T	G	B	H	Z	U	J	M	D	S
I	K	M	B	V	C	X	S	W	Q	P	9	U
I	K	M	Ö	P	Ä	Ü	K	5	G	V	L	9
Z	U	J	I	K	8	6	R	W	4	0	M	Ö
F	B	Z	R	W	A	L	O	P	Ö	M	H	T
E	T	J	Z	8	I	K	M	0	P	Ö	Ä	Ü
K	F	R	T	G	B	H	Z	U	J	M	D	D

* 1000 Schilling sind ca. 143,-- DM.

Suchbild:

Die Bucht der Piraten

In der Bucht der Piraten tauchen jeden Tag neue Schiffe auf. Seeräuber, Matrosen, Kapitäne, Schatztruhen, geschmuggelte Ware, alles gibt es hier. Siehe Seite 94 und 95.

FALKE
SEEHEXE
KNEIPE
HAIZAHN
HOTEL
PULVERFASS
BANANEN
BANANEN
BANANEN
BANANEN
LÖCHRIGE
LUISE

BASAR
LOLA
BAR
CIRCE
WILDE WILMA
KNEIPE

Mach dich an die Arbeit und löse die folgenden Knickerbocker-Scharfblick-Fälle!

Der Piratenkapitän

Käpten Blondbart trägt immer 33 Diamanten bei sich.

KRIMI-FRAGE:

Wo hat er sie versteckt?

KRIMI-LÖSUNG:

S	D	E	F	R	T	G	H	/		N	J	U
I	I	G	N		C	S	Y	E	X	I	N	R
§	E	&	M		G	H		O	(	L	Z	)
V	B	X	E	I	Y	N	B	.	Z			T

Der Schatz-Papagei

„Mensch Meier“ heißt der Papagei von Käpten Hakenhand. Dieser Papagei ist eine lebendige Schatzkarte. Er weiß, wo Käpten Hakenhand seinen Schatz vergraben hat. Deshalb versuchen viele Piraten den Papagei zu entführen, damit er das Geheimnis ausplaudert.

KRIMI-FRAGE:

Wo hat sich der Papagei „Mensch Meier“ versteckt?

KRIMI-LÖSUNG:

S	D	E	F	R	T	G	V	B	H	N	M	K
!	D	P	E	R	C		Ü	P		A	P	M
S	A	H	G	E	R	I			N	S	I	=
M	T	D	Z	T	V		B	I	M	M		X
/	A	U	U	S	;	G	P	U	K	C	K	6
8		0	D	E	)	S			M	S	C	Y
	H	Y	I	F	F	F	L	E	S	S		L
E	„	Q	W	I	X	L	D	D	E	E		R
R	W	O	I	L	Ü	M	A	A	*	“	.	K

Der blinde Passagier

Der entflohene Sträfling Gunther Gittermann hat sich an Bord eines Schiffes geschlichen und versteckt sich dort.

KRIMI-FRAGE:

Wo ist Gunther Gittermann?

KRIMI-LÖSUNG:

S	E	D	G	T	F	/	H	B	N	H	G	T
F	A	C	N		E	B	Y	O	X	R	D	!
N		:	D	E	C	R	X		Y	„	P	?
D	U	V	L	V	•	E	M	R	B	F	A	X
M	S	E	S	"	B	.	Y		R			V
F	G	T	Z	/	H	U	J	I	M	K	)	K
J	N	/	G	F	$	F	D	E	§	D	V	F
G	T	G	H	N	M	K	L	Ö	Ä	Ü	P	*
S	D	V	G	N	L	Ö		Ä	Ü	Ö	K	M

Der Ausreißer

Marco ist von zu Hause ausgerissen, weil er Seefahrer werden will.

KRIMI-FRAGE:

Auf welchem Schiff befindet sich Marco?

KRIMI-LÖSUNG:

S	A	U	W	F	F		D	I	E	R	R	O
F		„	C	L	Y	Ö	C	Z	H	Y	R	X
:	I	G	;	E	&	N		&	L		U	A
E	I	S	C	E	N	“	.	!		E		F
C	F	R	$	F	G	Z	H	/	3	3	/	4
3	=	S	E	D	F	R	V	G	T	H	Z	H
J	N	K	L	Ö	P	Ü	Ä	*	A	Y	X	§

Die halbe Münze

In der Bucht der Piraten befinden sich der Sohn und die Tochter von Käpten Hakenhand. Sie kennen sich nicht, da sie als Babys getrennt wurden. Beide besitzen eine Kette mit der Hälfte einer Münze.

KRIMI-FRAGE:

Wo ist der Bruder?
Wo ist die Schwester?

KRIMI-LÖSUNG:

E	D	I	C	E	V	S	C	S	H	Z	W	O
X	E	S	Y	T	V	E	R	?		-	I	Ö
B	S	T	S		X	I	M	!			H	$
§	O	T	B	E	X	L			„	T	H	?
	A	I	!	Z	C	A	H	H	N	Y	“	B
H	.		M	D	E	E	R	K		Ö	B	Ä
Q	R	U	M	D	N	E	R	R		Z	A	K
&	N		D	B	V	O	R	(	D	Y		(
U	D	E	)	R	X		„	;	P	U	U	N
W	L	V	X	E	?	R	F	G	A	?	S	:
S	S	“	C	.	G			R		T		N

Die Totenkopfpfeife

Steuermann Rudi Radmann besitzt eine Pfeife, die wie ein Totenkopf aussieht.

KRIMI-FRAGE:
Wo hat er sie her?
KRIMI-LÖSUNG:

"	A	U	/	S	D		D	Y	E	(	M	)
=		H	A	A	V	F	E	X	N	N	B	;
M	A	S	!	A	X	R	.	V		R		T
H	Z	H	U	J	K	I	O	L	K	M	J	N

Der Schrumpfkopfsammler

Bootsmann Henry sammelt Schrumpfköpfe. Wieder hat ihm ein Matrose welche mitgebracht.

KRIMI-FRAGE:
Wo treffen sich die beiden zur Übergabe?
KRIMI-LÖSUNG:

W	E	C	F	R	T	G	B	H	M	U	K	L
!	V	F	O	R	/		I	D	)	E	R	=
Y		Q	L	O	N	L	M	A	L	-	B	Ö
*	A	M	R	.	§		D		R			H
Z		J	I	J	K	L	Ö	V	C	E	R	T
W	Y	Z	H	G	V	D	R	H	U	J	I	K
L	Ö	E	C	F	G	X	Y	S	E	S	W	I

Knickerbocker-Detektivtest

Bist du immer ein guter Beobachter? Teste dich! Wie viele dieser Fragen kannst du richtig beantworten?

1. Welche Farbe hat deine Zahnbürste?
2. Wie viele Knöpfe sind außen an eurem Fernseher zu sehen?
3. Wie viele Fenster hat dein Klassenzimmer?
4. Wie viele Tische stehen in der Klasse?
5. Welche Augenfarbe hat deine Mutter?
6. Wie meldet sich dein bester Freund am Telefon?
7. In welche Himmelsrichtung siehst du aus dem Fenster deines Zimmers?
8. Wo ist der nächste Briefkasten in deiner Umgebung?
9. Bestimmt gehst du immer wieder über eine größere Treppe. Wie viele Stufen hat sie?
10. Wie viele Lichtschalter gibt es in eurer Wohnung?

Prüfe, ob deine Antworten richtig waren.

10 richtige Antworten = 
8–9 richtige Antworten = 
6–7 richtige Antworten = 
5 richtige oder weniger =
sofort mit dem Training beginnen!

Wo ist Bubi-Bert?

mini KRIMI

Elvira Mutscha war außer sich. Schluchzend knetete sie ihre Schürze in den Händen und wischte sich damit immer wieder die Tränen aus den Augen.

„Jetzt noch einmal langsam und der Reihe nach“, forderte Lieselotte sie auf. „Was ist geschehen?“

„Bubi-Bert“, schluchzte Frau Mutscha, „Bubi-Bert ist ausgerissen. Und ich bin schuld!“ Wieder brach sie in lautes Geheul und Wehklagen aus.

Die vier Knickerbocker-Freunde atmeten tief durch. Es war nicht einfach, mit Elvira Mutscha zu reden. Elvira war die Nachbarin von Poppis Großmutter und eine gigantische Köchin. Allerdings war sie auch eine Mutter Marke „Immer besorgt“. Obwohl ihr Sohn Bert bereits 14 Jahre alt war, verhätschelte sie ihn noch immer wie ein Baby. Sie hatte immer Angst, dass Bert entweder verhungern oder erfrieren könnte.

„Heute Nachmittag hat mir Bubi-Bert mitgeteilt, dass er am Abend auf eine Fete gehen möchte. Ihr wisst schon, so ein Fest mit lauter Musik und wilden Tänzen!"

Lilo grinste. „Klasse! Wo steigt die Fete? Wir wollen auch hin."

Frau Mutscha starrte sie mit weit aufgerissenen Augen an. „Mädchen, das ist doch nichts für kleine Kinder!"

Axel schnaubte, versuchte nicht loszulachen und meinte: „Frau Mutscha, Ihr Sohn ist kein kleines Kind mehr! Haben Sie das noch nicht bemerkt?"

Die treu sorgende Mutter schüttelte den Kopf. Für sie blieb er ihr Bubi-Bert. „Er hat gesagt, er würde auf jeden Fall gehen, und deshalb habe ich ihn eingesperrt. In seinem Zimmer!", erzählte Elvira schluchzend. „Nach zwei Stunden wollte ich ihn wieder rauslassen, aber er war fort. Bubi-Bert hat sich aus den Bettlaken, dem Deckenüberzug und dem Vorhang ein Seil geknotet und ist daran aus dem Fenster geklettert. Mir hat er nur einen Zettel dagelassen, auf dem steht: ***KOMME FRÜHESTENS UM MITTERNACHT!*** Ich mache mir Sorgen!"

„Können wir bitte sein Zimmer sehen?", fragte Lilo.

Frau Mutscha nickte und führte sie in den zweiten Stock. In der Aufregung hatte sie die Tür gleich nach der schrecklichen Entdeckung wieder abgesperrt. Sie schloss auf und die Bande trat ein.

„Ist der Raum genauso, wie Sie ihn vorgefunden haben?“, wollte Axel wissen. Wieder nickte Frau Mutscha. „Dann müssen Sie uns jetzt etwas versprechen!“

Berts Mutter blickte sie fragend an. „Wir bringen Ihnen auf der Stelle Ihren Sohn zurück, aber Sie werden erstens nicht schimpfen und ihn zweitens auf die Fete gehen lassen!"

Frau Mutscha nickte, als hätte sie einen Wackelkontakt. „Wenn ihr mir meinen Bubi-Bert wiederbringt, mache ich alles!"

„Ich wette, er sitzt im Schrank. Auf jeden Fall befindet er sich noch in diesem Zimmer!", verkündete Axel.

Er behielt Recht. Übrigens haben die Knickerbocker-Freunde Bert auf die Fete begleitet. Für Frau Mutscha waren sie eine Art Leibwächter. In Wirklichkeit wollten sie natürlich auch selbst Spaß haben. Und sie hatten ihn auch!

KRIMI-FRAGE:

Wieso wusste Axel, dass sich Bert noch im Zimmer befand?

KRIMI-LÖSUNG:

S	D	A	V	S	Y		S	W	E	T	I	O
M	L			W	V	A	R	M		W	A	=
3	M		V	B	B	E	T	O	T	Z	P	V
O	F	O	D	S	C	T	E	Ü	N	W		;
R	B	E	T	F	C	E	S	S	T	Y	I	B
Z	G	T	E	.	R		D	K	A	M	S	;
		B	E	E	T	T	T	T		V	W	M
Y	Ä	R	Z	E	Z		B	P	E	P	I	Ö
Ö	M		’	K	X	L	E	L	T	S	T	B
J	E	R	E	N	G		Z	Ö	U	H	M	U
N		F	R	E	E	N	S	S	T	Y	E	Z
L	R		C	G	R	E	Z	Ä	O	N	G	M
U	E	N	E		T	W	O	L	R	J	D	I
;	E	N	R	!	E			G		H		J
I	O	P	F	D	R	E	T	S	E	X	D	C
F	V	G	B	N	H	J	L	Ö	Ü	Ä	*	A
Y	§	V	F	R	%	B	H	U	/	M	J	(
U	H	G	)	D	S	F	R	T	D	E	$	V
G	T	&	N	H	Z	/	J	I	K	D	S	E
V	F	F	R	G	G	T	F	G	T	H	Z	U
J	I	K	O	L	A	S	W	C	D	F	R	B
H	N	J	I	U	G	T	Z	H	S	W	C	F

Super-Detektivtest für echte Knickerbocker

Hast du bisher alle heißen Spuren verfolgt? Bist du vielen Tätern auf die Spur gekommen? Dann hast du gut trainiert und kannst nun zum Super-Detektivtest antreten.

Junior-Detektive unter 10 Jahren haben 30 Minuten, Junior-Detektive über 10 Jahren haben 20 Minuten Zeit, die Aufgaben zu lösen.

Versuche so viele Aufgaben wie möglich zu lösen und sammle Lupen.

1. Überfall

Ein Bankräuber hat zwei Millionen erbeutet und ist dann unter einem großen, roten Regenschirm geflüchtet. Die Leute im Nachbarhaus werden befragt, was sie gesehen haben.

Frau Kollmann (Erdgeschoss): „Ich habe geschlafen."

Herr Zörner (3. Stock): „Auf dem Schirm war ein dunkler Fleck."

Herr Meierbier (4. Stock): „Der Gangster hatte blonde Haare und eine kleine Glatze!“

Frau Nussbaum (2. Stock): „Ich habe mich hinter dem Vorhang versteckt, als ich die Schüsse hörte.“

KRIMI-FRAGE:

Wer hat eine falsche Aussage gemacht?

KRIMI-LÖSUNG:

I	U	N	B	V	C	R	E	W	S	A	9	O
H	J	E	R	B	R	V		R	M	E	S	Y
I	V	E	R	8	B	9	I	J	E	R	R	Q
.	O		V	T	O	E	M	Y		V	F	T
I	U	E	R	L	T	N	E	F	N		S	Y
S	Ä	T	O	N	C	N	K	V		A	W	L
U	I	S		N	S	F	I	W	E	H	Ö	P
T	V		M	8	A	9	N	J		N	7	J
I	J	E	M	V	A	R	N	W	D	E	9	O
N	J		U	B	N	V	T	R	E	R	S	Y
	V	E	I	8	N	9	E	J	M		R	Q
S	O	C	H	V	I	R	R	W	M	.	9	O

2. Geheimbotschaft

Axel erhält eine Geheimbotschaft von Lilo. Das Blatt ist leer und weiß. Wahrscheinlich hat Lieselotte Milch als Geheimtinte verwendet. Was muss Axel nun tun?

KRIMI-LÖSUNG:

P	Ü	Ä	M	K	N	B	V	C	R	E	W	S
D	A	O	S	J		B	B	L	V	A	R	W
T	T	B		B	E	R	R	W	E	Ä	I	O
R	M	5	E	G	N	.			J	I	K	L

3. Die Lila Langhals

Welche der drei Briefmarken ist die echte „Lila Langhals“?

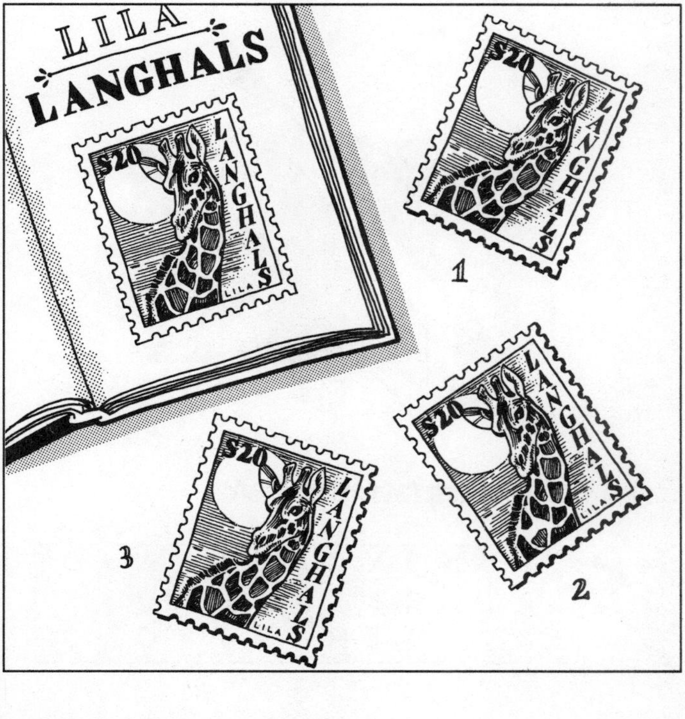

KRIMI-LÖSUNG:

Z	U	J	I	K	8	6	R	W	4	0	M	Ö
N	U	Z	M	W	M	E	O	R	Ö		H	T
3	.	H		8	I	K	M	0	P	Ö	Ä	Ü
D	F	R	T	G	B	H	Z	U	J	M	D	S

4. Wie heißt das Ding?

Wie heißt das „Um-die-Ecke-schau-Rohr“ mit dem Spezialnamen?

KRIMI-LÖSUNG:

I	U	N	B	V	C	R	E	W	S	A	9	O
P	J	E	R	B	I	V	S	R	K	O	S	Y
P	V		J	8	M	9	K	J	V	C	R	Q

5. Heiße Spuren?

Aus dem Museum ist eine goldene Pharaomaske aus Ägypten gestohlen worden. Am Tatort wird einiges sichergestellt: mehrere sechs Zentimeter lange, weiße Haare, Zigarettenasche und ein borstiges, kurzes, schwarzes Haar.

Die Spuren führen zu drei geschickten Einbrechern:

ARMIN STAHLBRUCH: Armin ist bereits über 60 Jahre und hat schneeweißes Haar. Seine Hände zittern ein wenig und die meiste Zeit verbringt er auf dem Pferderennplatz. Dort wettet er und verliert oft. In seinem Mundwinkel hängt immer eine Zigarre, die oftmals gar nicht brennt.

CARMEN LAUTLOS: Ihr großes Hobby sind Angorakatzen. Das Prachtstück ihrer maunzenden Hausgenossen heißt Schneeball und hat zahlreiche Auszeichnungen gewonnen.

Carmen hält eine Bürste zwischen den gelben Fingern, als sie von der Polizei Besuch bekommt. Sie muss ihre Katzen täglich dreimal striegeln. Unschuldig klimpert sie mit den aufgeklebten Wimpern und bestreitet, etwas mit dem Einbruch zu tun zu haben.

FRITZ FUNKENTAUB: In der Gaunerwelt ist er als Klettermax bekannt. Die Spitzen seines buschigen, dunklen Schnauzbartes zucken nervös, als er Besuch von der Polizei bekommt. Natürlich streitet er alles ab. Auf die Frage, ob er raucht, antwortet er: „Ja! Pfeife!“

Zu wem führen die meisten Spuren?

KRIMI-LÖSUNG:

Z	B	V	C	D	E	W	S	A	Q	Ö	Ä	Ü
Z	U	K		L	C	A	P	R	Ü	M	L	E
E	N	S		C	L	A	V	U	R	T	G	T
L	O	J	S	,	.		L	D	Ö	I	Ä	Ü
E		V	G	W	E	L	Y	B	J	E	I	L
N		V	F	D	I	N	S	G	Y	E	L	O
R		U	D	N	E	U	T	T	D	E	S	Q
N		U	A	B	U	F	V		R	E	X	W
I	N	E	E	R		S	B	T	N	A	M	I
R	K	S	E	C		R	V	A	T	U	G	Z
C	H	J	E	M	R	I	,	N	P	.	L	P
	D	W	I	A	E		Ä	W	H	E	J	U
I	S	Ö	S	Ä	E	N	L		Y	H	Q	X
A	A	E	R	F	E		G	S	N	I	Z	M
N	D	I		O	V	O	Ä	N	C		E	F
D	E	A	R	-		K	I	A	N	T	G	B
Z	E	X	,	A		D	L	A	L	S	M	J
	B	K	O	R	R	S	6	T	N	I	M	O
G	E	E		F	H	A	T	A	Z	R	U	K
	E	J	I	Z	N	E	R		D	W	Q	N
I	M	I	P	Z	E	R	R	.	E		S	W

6. Was heißt das?

Durch Zufall fällt der Knickerbocker-Bande diese Seite aus der Zeitung in die Hände.

Lilo hält sie für eine geheime Botschaft. Kannst du sie entziffern?

MONTAG 23. MAI 1991 CHRONIK SEITE 3

Überfall auf einen Geldtransport

Bericht S.9

1,9 Millionen Beute

Am Mittwoch, gegen 23 Uhr, war der am Parkplatz Schelzerhof in Bruck a.d. Lahn stehende Wagen, ein roter Mozo 121, überfallen und ausgeraubt worden. Als die Polizei … es schon zu spät

KRIMI-LÖSUNG:

I	U	N	B	V	C	R	E	W	S	A	9	O
M	J	O	R	B	G	V	E	R	N		S	Y
U	V	M		8	3	9			A	M	R	Q
	O	B	A	T	H	E	N	N	H	O	F	T
F	U	.		L	M	N	B	F	E	W	S	Y
Ü	Ä	M	K	N	9	N	6	V	C	E	W	L
K	I	L	M	N	B	F	E	W	S	Y	Ö	P

7. Spuren

Von welchem Fahrzeug stammt diese Spur?

KRIMI-LÖSUNG:

Z	B	V	C	D	E	W	S	A	Q	Ö	Ä	Ü
V	U	O	N	L		Ö	E	Ä	I	N	L	E
E	X	M		C	M	E	O	F	T	O	G	T
R	M	R	A	,	D	I		O	M	I	Ä	Ü
T	F		B	W	E	A	I	-	W	A	I	L
G	B	E	N	D	.	X		A	Y	I	L	O
M	J	U	Æ	N	B	G	T	F	D	E	S	Q

8. Knickerbocker-Scharfblick

Präge dir das Bild genau ein und blättere dann um.

GEISTERBA
INHABER:
Guido Gruselgraus

Beantworte nun die Fragen. Für jede richtige Antwort bekommst du eine Lupe.

1. Wie viele Fledermäuse sind in der Geisterbahn?
2. Wie heißt der Besitzer der Geisterbahn mit Vornamen?
3. Was ist in dem Sarg?
4. Was hat die Hexe in der Hand?
5. Wer sitzt auf dem Totenkopf?
6. Was kriecht auf dem Boden?
7. Was hat der Vampir um den Hals?
8. Trägt der Gruselhund ein Halsband?
9. Sitzt die Spinne allein im Netz?
10. Zuckt ein Blitz in der Geisterbahn?

KRIMI-LÖSUNG:

Z	U	J	I	K	8	6	R	W	4	0	M	Ö
D	R	Z	E	W	I		O	G	Ö	U	H	T
I	D	H	O	8		M	M	U	P	M	Ä	Ü
I	E	R		G	K	N	Z	O	J	C	D	S
H	E	M	N	V		K	R	R	O	Ö	9	U
T	E	M		P	K	R	K	O	G	K	X	9
O	D	J	I	K	L		R	E	4	I	M	Ö
N		R	A	A	U	G	P	E	M		T	C
J	A	H		8	J	A	M		P	J	Ä	Ü
A		R	T	G	B	H	Z	U	J	M	D	S

9. Fingerabdruck

Von wem stammt dieser Fingerabdruck?

KRIMI-LÖSUNG:

Z	B	V	C	D	E	W	S	A	Q	Ö	Ä	Ü
L	U	O	T	L	H	Ö	A	Ä	R		L	E
L	X	U	M	C	P	E	U	F	S		G	T

10. Gaunerpech

Lilo ruft die Polizei, denn sie hat etwas Sonderbares entdeckt.

Aber was? Schau dir das Bild auf Seite 120 genau an.

BÜCHER
Bäcker
AFE
Sprint
W 729A
W 729A

KRIMI-LÖSUNG:

P	Ü	Ä	M	K	N	B	V	C	R	E	W	S
Z	L	W	E	J	I	H		G	W	A	R	W
G	G	E	N	B		Z	M	4	I	T	I	O
	D	D	E	G	M	Z		U	G	L	K	L
E	D	I	C	T	H	5	E	B	N		Y	M
K	U	E	N	F	N	W	Z	A	E	I	Z	U
C	U	H	E	P	N	M	.	Z		R	F	D
J	M	H	G	B	V	F	R	D	E	W	Q	H

11. Achtung

Welcher Wagen auf dem Bild S. 120 parkt am längsten in der Straße?

KRIMI-LÖSUNG:

I	U	N	B	V	C	R	E	W	S	A	9	O
W		N	7	B	2	9	T		E	A	S	Y
	V	7	O	8	R	N	K	E	V	.	R	Q
	U	K	N	T	T	E	W	R	X		F	T
I	H	K	M	L		I	B	S	E	T	S	Y
	E	M	S	N		T	6	R	C	O	W	L
C	K	L	E	N	N	.	E		S	Y	Ö	P
M	V	7	J	8	M	9	K	J	V	V	7	J
K	J	V	B	V	C	R	E	W	S	A	9	O

12. Knickerbocker-Quiz

Wie lautet Poppis echter Vorname?

KRIMI-LÖSUNG:

Z	U	J	I	K	8	6	R	W	4	0	M	Ö
P	B	A	U	W	L	L	A	P	.		H	T
E	T	H	Z	8	I	K	M	0	P	Ö	Ä	Ü

13. Verdächtig

Die Knickerbocker verfolgen Bertram Backwams. Er ist ein erfolgreicher Maler und hat schon zahlreiche Ausstellungen auf der ganzen Welt veranstaltet.

Trotzdem wird er dringend verdächtigt, heimlich mit Rauschgift zu handeln. Doch er verhält sich völlig unauffällig. Jeden Tag bricht er gegen 9 Uhr vormittags auf und legt fast immer dieselbe Strecke zurück:

Er kauft beim Bäcker, beim Fleischer, in der Gemüsehandlung und im Supermarkt ein. Danach sitzt er eine Stunde im Café und macht anschließend einen Sprung in die Parfümerie. Von dort geht er zur Post und dreht noch eine Runde durch den Park. Gegen 14 Uhr zieht er sich in sein Atelier zurück und malt. Lilo, dem Superhirn, kam nach einiger Zeit etwas verdächtig vor. Später stellte sich heraus, dass ihr Verdacht richtig war.

Lieselotte hatte entdeckt, wo sich der Treffpunkt des Rauschgiftringes befand.

Wo war er?

KRIMI-LÖSUNG:

Z	B	V	C	D	E	W	S	A	Q	Ö	Ä	Ü
I	N	K		L	D	E	P	R	Ü		L	E
P	A	S	R	C	F	Ü	V	M	R	E	G	T
R	I	J	E	,	.		L	W	Ö	E	Ä	Ü
R		V	G	W	E	H	Y	T	J		I	L
D	E	V	N	D	N		S	S	Y	C	L	O
H	O	U	N	N		J	T	E	D	D	S	Q
E	N	U		B	T	A	V	G	R		X	W
I	N	E		R	D	I	B	E	N		M	I
P	A	S	R	C	F	Ü	V	M	T	E	G	Z
R	I	J	E	M	.		,	K	P	.	L	P
D	E	W	S	A	Q	Ö	Ä	Ü	H	Z	J	U
L	O	Ö	P	Ä	Ü	-	L	E	Y	A	Q	X
C	D	E	V	F	R	B	G	T	N	H	Z	M
,	*	I	L	O	Ö	P	Ä	Ü	C	D	E	F
W	Q	A	Y	-	J	K	I	L	N	H	G	B
D	C	X	S	A	Y	I	L	O	L	O	M	J
M	9	K	I	R	5	G	6	H	N	8	M	O

Ergebnis:

54–50 Lupen:
Du bist Meisterdetektiv und Super-Knickerbocker.

49–45 Lupen:
Du bist ein Super-Knickerbocker.

44–40 Lupen:
Du bist ein echter Knickerbocker.

39–35 Lupen:
Du wirst in die Knickerbocker-Bande aufgenommen.

Weniger als 35 Lupen:
Löse noch einmal viele Krimis aus diesem Buch und trainiere mit deinen Knickerbocker-Freunden. Bald wirst auch du ein Meisterdetektiv und Super-Knickerbocker werden!

So schreibst du Geheimbotschaften:

➔ Lege die Karte auf ein Blatt Papier und ziehe links und rechts an den Kanten Linien.

➔ Schon kannst du zu schreiben beginnen. Schreibe Buchstabe für Buchstabe von links nach rechts in die Löcher. Ist eine Zeile voll, die Karte ein Stück weiter nach unten schieben.

ACHTUNG: Die freien Plätze zwischen den Wörtern mit einem kleinen Punkt markieren!

➔ Wenn du fertig bist, nimm die Karte weg. Füge nun irgendwelche Buchstaben bunt gemischt zwischen den Buchstaben deiner Botschaft ein. Dadurch wird sie verschlüsselt. **ACHTUNG:** Wo ein Punkt ein leeres Feld markiert, keinen Buchstaben hinschreiben. Sonst wird es zu verwirrend.

Auflösung von Seite 4:

Als die vier den Zeichenwettbewerb einer Lederhosenfirma gewannen und einander bei der Preisverleihung kennen lernten.

Als Ravensburger Taschenbuch
Band 6113
erschienen 1999

Der Band enthält eine Auswahl aus
„99 heiße Spuren. Ratekrimis Band 1" und
„Neue heiße Spuren. Ratekrimis Band 2"
von Thomas Brezina, erschienen 1991 und 1992
bei hpt-Verlagsgesellschaft m.b.H. & Co KG, Wien

Umschlagillustration: Ferenc B. Regös
Umschlagfotografie: Martin Vukovits
Innenillustrationen: Atelier Bauch-Kiesel und Hannes Bauch

Printed in Germany

Die Schreibweise entspricht den Regeln
der neuen Rechtschreibung.

2 3 4 5 6 04 03 02 01 00

ISBN 3-473-56113-4

DIE KNICKERBOCKER-BANDEN-CHECKLISTE

KREUZE EINFACH DIE KNICKERBOCKER-BÄNDE AN, DIE SCHON IN DEINEM REGAL STEHEN.

- ❑ 1 Rätsel um das Schneemonster
- ❑ 2 Ein Ufo namens Amadeus
- ❑ 3 Lindwurmspuk vor Mitternacht
- ❑ 4 Wenn die Turmuhr 13 schlägt
- ❑ 5 Bodenseepiraten auf der Spur
- ❑ 6 Das Phantom der Schule
- ❑ 7 Die Tonne mit dem Totenkopf
- ❑ 8 Wo ist der Millionenstorch?
- ❑ 9 Treffpunkt Schauermühle
- ❑ 10 Der Fluch des Schwarzen Ritters
- ❑ 11 Die Nacht der Weißwurst-Vampire
- ❑ 12 Schokolade des Schreckens
- ❑ 13 Der Ruf des Gruselkuckucks
- ❑ 14 Jagd auf den Hafenhai
- ❑ 15 Das Zombie-Schwert des Sultans
- ❑ 16 SOS vom Geisterschiff
- ❑ 17 Die Rache der Roten Mumie
- ❑ 18 Kolumbus und die Killerkarpfen
- ❑ 19 Die Gruft des Barons Pizza
- ❑ 20 Insel der Ungeheuer
- ❑ 21 Frankensteins Wolkenkratzer
- ❑ 22 Der tätowierte Elefant
- ❑ 23 Die Drachen-Dschunke
- ❑ 24 Der weiße Gorilla
- ❑ 25 Der Grüne Glöckner
- ❑ 26 Im Dschungel verschollen
- ❑ 27 Im Tal der Donnerechsen
- ❑ 28 Titanic, bitte melden!
- ❑ 29 Der Eiskalte Troll
- ❑ 30 Im Reich des Geisterzaren
- ❑ 31 Der Bumerang des Bösen
- ❑ 32 Kennwort Giftkralle
- ❑ 33 Das Riff der Teufelsrochen
- ❑ 34 Das Geheimnis der gelben Kapuzen
- ❑ 35 Der Geisterreiter
- ❑ 36 Im Wald der Werwölfe
- ❑ 37 Die giftgelbe Geige
- ❑ 38 Das Haus der Höllensalamander
- ❑ 39 Das Biest im Moor
- ❑ 40 Die Maske mit glühenden Augen
- ❑ 41 Die Hand aus der Tiefe
- ❑ 42 13 blaue Katzen
- ❑ 43 Die Rote Mumie kehrt zurück
- ❑ 44 Die Höhle der Säbelzahntiger
- ❑ 45 Der Mann ohne Gesicht
- ❑ 46 Hinter der verbotenen Tür
- ❑ 47 Das Phantom der Schule spukt weiter
- ❑ 48 Der unsichtbare Spieler
- ❑ 49 Es kam aus dem Eis
- ❑ 50 Der Schrei der goldenen Schlange
- ❑ 51 Der Schatz der letzten Drachen
- ❑ 52 Das Wesen aus der Teufelsschlucht
- ❑ 53 Das Diamantengesicht

DIE KNICKERBOCKER BANDE